내 마음의
사랑을 가꾸는

그리움의 시

한국 명시 모음집

내 마음의 사랑을 가꾸는 **그리움의 시**

발행 2026년 4월 27일

펴낸이 홍철부
엮은이 이강래

펴낸곳 문지사
등록 제 25100-2002-000038호

주소 서울특별시 은평구 갈현로 312
전화 02)386-8451/2
팩스 02)386–8453

ISBN 978-89-8308-616-7 (03810)
정가 20,000원

ⓒ2026moonjisalnc
Printed in Seoul Korea

한국 명시 모음집

내 마음의 사랑을 가꾸는

그리움의 시

문지사

머리말

    이 작은 시집에 실린 10명의 시인 4백여 편의 작품은 나라를 빼앗긴 일제 강점기와 민족상잔이었던 6·25동란의 암울한 형극의 세월 속에서 한과 슬픔으로 쓴 삶의 불꽃들이다.

    하늘과 별에 이르는 마음은 푸른 빛을 깨치며, 깊은 심산에 진달래꽃으로 피었다가 슬픈 강물이 되어 광야에 메아리쳤다. 때로는 잠들지 못하는 영혼으로 아시아의 밤을 밝히면서 새벽빛 속을 달려올 초인을 고대하기도 하였다.

    빼앗긴 들에 봄보다 더 잔혹한 포연과 화약 냄새가 진동하는 '검은 준열의 시대'를 살아야 했던 그들은 날카로운 눈빛으로 현실을 직시하며 작품을 통해 불안과 절망과 대결하는 시 정신을 표출해 냈다.

    '시를 쓴다는 것은 내가 사회를 살아가는 데 있어서, 가장 의지할 수 있는 마지막 용기이었다. 나는 지도자도 아니며, 정치가도 아닌

것을 잘 알면서도 사회와 싸웠다.'

가도 가도 끝없는 황톳길을 보리피리 불며 걸어가야 했던 천형의 운명, 살아있는 것이 있다면, 그것이 우리들의 죽음보다도 더한 체험일지라도 한 잔의 술과 사랑으로 위로받을 수 있다는 위안, 그리하여 전쟁이 지나간 뒷자리에 찬란한 5월의 모란이 다시 피고, 실비단 하늘을 우러러보고 싶은 사슴처럼, 전설의 풀밭을 가꾸고 싶었던 작은 소망으로, 이 땅을 우리 글로 표백한 시인들이었다.

이제 우리는 그들의 아름다운 삶을 위하여 작은 사랑을 약속하며, 이 시집의 영롱한 화원을 달빛처럼 산책하면서 마음의 숲을 가꾸어야 한다.

- 엮은이 씀

차례

한용운

김소월

김영랑

이육사

한하운

오상순

노천명

이상화

윤동주

하늘과 바람과
별과 시

한용운

님의 침묵

김소월

진달래꽃

김영랑

모란이
피기까지는

이육사

청포도

한하운

보리피리

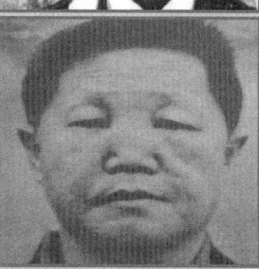

박인환

목마와 숙녀

오상순

아시아의 밤

노천명

사슴의 노래

이상화

빼앗긴 들에도
봄은 오는가

하늘과 바람과 별과 시

윤동주(1917년~1945)

1917년 북간도 명동촌에서 태어났으며 연희전문학교를 졸업하였다. 산문 '달을 쏘다'를 조선일보에 동요 '산울림'을 《소년》지에 각각 발표하였다. 문예지 《새 명동》을 함께 발간한 송몽규와 함께 독립운동 협의로 일본 경찰에 체포되어 후쿠오카 형무소에서 복역 중 사망하였다. 유고 시집 '하늘과 바람과 별과 시'가 있다.

尹東柱　尹東柱　尹東柱　尹東柱

尹東柱　尹東柱　尹東柱　尹東柱

尹東柱　尹東柱　尹東柱　尹東柱

尹東柱　尹東柱　尹東柱　尹東柱

尹東柱　尹東柱　尹東柱　尹東柱

尹東柱　尹東柱　尹東柱　尹東柱

尹東柱　尹東柱　尹東柱　尹東柱

尹東柱　尹東柱　尹東柱　尹東柱

서시

죽는 날까지 하늘을 우러러
한 점 부끄럼이 없기를
잎새에 이는 바람에도
나는 괴로와했다.
별을 노래하는 마음으로
모든 죽어가는 것을 사랑해야지
그리고 나한테 주어진 길을
걸어가야겠다.

오늘 밤에도 별이 바람에 스치운다.

참회록

파란 녹이 낀 구리거울 속에
내 얼굴이 남아 있는 것은
어느 왕조의 유물이기에
이다지도 욕될까.

나는 나의 참회의 글을 한 줄에 줄이자.
만 24년 1개월을
무슨 기쁨을 바라 살아왔던가.

내일이나 모레나 그 어느 즐거운 날에
나는 또 한 줄의 참회록을 써야 한다.
그때 그 젊은 나이에
왜 그런 부끄런 고백을 했던가.

밤이면 밤마다 나의 거울을
손바닥으로 발바닥으로 닦아 보자.

그러면 어느 운석 밑으로 홀로 걸어가는
슬픈 사람의 뒷모양이
거울 속에 나타나 온다.

슬픈 족속

흰 수건이 검은 머리를 두르고
흰 고무신이 거친 발에 걸리우다.

흰 저고리 치마가 슬픈 몸집을 가리고
흰 띠가 가는 허리를 질끈 동이다.

돌아와 보는 밤

세상으로부터 돌아오듯이 이제 내 좁은 방에 돌아와 불을 끄옵니다. 불을 켜 두는 것은 너무나 피로롭은 일이옵니다. 그것은 낮의 연장이옵기에.

이제 창을 열어 공기를 바꾸어 들여야 할 터인데 밖을 가만히 내다보아야 방房 안과 같이 어두워 꼭 세상 같은데 비를 맞고 오던 길을 그대로 빗속에 젖어 있사옵니다.

하루의 울분을 씻을 바 없어 가만히 눈을 감으면 마음속으로 흐르는 소리, 이제 사상이 능금처럼 저절로 익어가옵니다.

간판 없는 거리

정거장 플랫포옴에
내렸을 때 아무도 없어

다들 손님들뿐
손님 같은 사람들뿐

집집마다 간판이 없어
집 찾을 근심이 없어

빨갛게
파랗게
불붙는 문자도 없이

모퉁이마다
자애로운 헌 와사등에
불을 켜놓고,

손목을 잡으면
다들, 어진 사람들
다들, 어진 사람들

봄, 여름, 가을, 겨울
순서로 돌아들고

쉽게 씌어진 시

창밖에 밤비가 속살거려
육첩방은 남의 나라

시인이란 슬픈 천명인 줄 알면서도
한 줄 시를 적어 볼까.

땀내와 사랑내 포근히 품긴
보내주신 학비 봉투를 받아

대학 노트를 끼고
늙은 교수의 강의 들으러 간다.

생각해 보면 어린때 동무를
하나, 둘, 죄다 잃어버리고

나는 무얼 바라
나는 다만, 홀로 침전하는 것일까?

인생은 살기 어렵다는데
시가 이렇게 쉽게 씌어지는 것은
부끄러운 일이다.

육첩방은 남의 나라
창밖에 밤비가 속살거리는데

등불을 밝혀 어둠을 조금 내몰고
시대처럼 올 아침을 기다리는 최후의 나

나는 나에게 작은 손을 내밀어
눈물과 위안으로 잡은 최초의 악수.

꿈은 깨어지고

꿈은 눈을 떴다.
그윽한 유무有無에서

노래하는 종달이
도망쳐 날아나고

지난날 봄 타령하던
금잔디밭은 아니다.

탑은 무너졌다.
붉은 마음의 탑이

손톱으로 새긴 대리석 탑이
하루저녁 폭풍에 여지없이도

오오, 황폐의 쑥밭
눈물과 목메임이여!

꿈은 깨어졌다. 탑은 무너졌다.

봄

봄이 혈관 속에 시내처럼 흘러
돌, 돌, 시내 가차운 언덕에
개나리, 진달래, 노란 배추꽃

삼동을 참아온 나는
풀포기처럼 피어난다.

즐거운 종달새야
어느 이랑에서나 즐거웁게 솟쳐라.

푸르른 하늘은
아른아른 높기도 한데…

태초의 아침

봄날 아침도 아니고
여름, 가을, 겨울
그런 날 아침도 아닌 아침에

빨간 꽃이 피어났네.
햇빛이 푸른데.

그 전날 밤에
그 전날 밤에
모든 것이 마련되었네.

사랑은 뱀과 함께
독은 어린 꽃과 함께.

눈감고 간다

태양을 사모하는 아이들아
별을 사랑하는 아이들아

밤이 어두웠는데
눈감고 가거라.

가진바 씨앗을
뿌리면서 가거라.

발부리에 돌이 채이거든
감았던 눈을 와짝 떠라.

이별

눈이 오다 물이 되는 날
잿빛 하늘에 또 뿌연내, 그리고
커다란 기관차는 빼액 울며
조그만 가슴은 울렁거린다.

이별이 너무 재빠르다, 안타깝게도
사랑하는 사람을
일터에서 만나자 하고

더운 손의 맛과 구슬 눈물이 마르기 전
기차는 꼬리를 산굽이로 돌렸다.

십자가

쫓아오던 햇빛인데
지금 교회당 꼭대기
십자가에 걸리었습니다.

첨탑이 저렇게도 높은데
어떻게 올라갈 수 있을까요.

종소리도 들려오지 않는데
휘파람이나 불며 서성거리다가

괴로웠던 사나이
행복한 예수 · 그리스도에게처럼
십자가가 허락된다면

모가지를 드리우고
꽃처럼 피어나는 피를
어두워 가는 하늘 밑에
조용히 흘리겠습니다.

새로운 길

내를 건너서 숲으로
고개를 넘어서 마을로
어제도 가고 오늘도 갈
나의 길 새로운 길

민들레가 피고 까치가 날고
아가씨가 지나고 바람이 일고

나의 길은 언제나 새로운 길
오늘도… 내일도…

내를 건너서 숲으로
고개를 넘어서 마을로

산상山上

거리가 바둑판처럼 보이고
강물이 배암의 새끼처럼 기는
산 위에까지 왔다.
아직쯤은 사람들이
바둑돌처럼 벌여 있으리라.

한나절의 태양이 함석지붕에만 비치고
굼벵이 걸음을 하던 기차가
정거장에 섰다가 검은 내를 토하고
또 걸음발을 탄다.

텐트 같은 하늘이 무너져
이 거리를 덮을까 궁금해하면서
좀 더 높은 데로 올라가고 싶다.

위로

거미란 놈이 흉한 심보로 병원 뒤뜰 난간과 꽃밭 사이 사람 발이 잘 닿지 않는 곳에 그물을 쳐 놓았다. 옥외 요양을 받는 젊은 사나이가 누워서 쳐다보기 바르게

나비가 한 마리 꽃밭에 날아들다 그물에 걸리었다. 노란 날개를 파득거려도 나비는 자꾸 감기우기만 한다. 거미가 쏜살같이 가더니 끝없는 실을 뽑아 나비의 온몸을 감아버린다. 사나이는 긴 한숨을 쉬었다.

나이보담 무수한 고생 끝에 때를 잃고 병을 얻은 이 사나이를 위로할 말이-거미줄을 헝클어 버리는 것밖에 위로의 말이 없었다.

창공

그 여름날
열정의 포플러는
오려는 창공의 푸른 젖가슴을
어루만지려
팔을 펼쳐 흔들거렸다.
끓는 태양 그늘 좁다란 지점에서

천막 같은 하늘 밑에서
떠들던 소나기
그리고 번개를.

춤추던 구름을 이끌고
남방으로 도망하고
높다랗게 창공은 한 폭으로
가지 위에 퍼지고
둥근달과 기러기를 불러왔다.

푸르른 어린 마음이 이상理想에 타고
그의 동경의 날 가을에
조락凋落의 눈물을 비웃다.

길

잃어버렸습니다.
무얼 어디다 잃었는지 몰라
두 손이 주머니를 더듬어
길에 나아갑니다.

돌과 돌과 돌이 끝없이 연달아
길은 돌담을 끼고 갑니다.

담은 쇠문을 굳게 닫아
길 위에 긴 그림자를 드리우고

길은 아침에서 저녁으로
저녁에서 아침으로 통했습니다.

돌담을 더듬어 눈물짓다
쳐다보면 하늘은 부끄럽게 푸릅니다.

풀 한 포기 없는 이 길을 걷는 것은
담 저쪽에 내가 남아 있는 까닭이고,

내가 사는 것은, 다만,
잃은 것을 찾는 까닭입니다.

바람이 불어

바람이 어디로부터 불어와
어디로 불려 가는 것일까.

바람이 부는데
내 괴로움에는 이유가 없다.

내 괴로움에는 이유가 없을까.

단 한 여자를 사랑한 일도 없다.
시대를 슬퍼한 일도 없다.

바람이 자꾸 부는데
내 발이 반석 위에 섰다.

강물이 자꾸 흐르는데
내 발이 언덕 위에 섰다.

산골 물

괴로운 사람아, 괴로운 사람아
옷자락 물결 속에서도
가슴 속 깊이 돌돌 샘물이 흘러
이 밤을 더불어 말할 이 없도다.
거리의 소음과 노래 부를 수 없도다.

그신듯이 냇가에 앉았으니
사랑과 일을 거리에 맡기고
가만히 가만히
바다로 가자
바다로 가자.

병원

살구나무 그늘로 얼굴을 가리고, 병원 뒤뜰에 누워 젊은 여자가 흰옷 아래로 하얀 다리를 들어내 놓고 일광욕을 한다. 한나절이 기울도록 가슴을 앓는다는 여자를 찾아오는 이, 나비 한 마리도 없다. 슬프지도 않은 살구나무 가지에는 바람조차 없다.

나도 모를 아픔을 오래 참다 처음으로 이곳에 찾아왔다. 그러나 나의 늙은 의사는 젊은이의 병을 모른다. 나한테는 병이 없다고 한다. 이 지나친 시련, 이 지나친 피로, 나는 성내서는 안 된다.

여자는 자리에서 일어나 옷깃을 여미고, 화단에서 금화 한 포기를 따 가슴에 꽂고 병실 안으로 사라진다. 나는 그 여자의 건강이 아니 내 건강도 속히 회복되기를 바라며, 그녀가 누웠던 자리에 누워본다.

거리에서

달밤의 거리
광풍이 휘날리는
북극의 거리
도시의 진주眞珠
전등 밑을 헤엄치는
조그만 인어人魚 나.
달과 전등에 비쳐
한 몸에 둘 셋의 그림자
커졌다, 작아졌다.

괴롬의 거리
회색빛 밤거리를
걷고 있는 이 마음
선풍이 일고 있네.
외로우면서도
한 갈피 두 갈피
피어나는 마음의 그림자
푸른 공상이
높아졌다, 낮아졌다.

바다

실어다 뿌리는
바람조차 시원타.

솔나무 가지마다 새츰히
고개를 돌리어 삐들어지고

밀치고
밀치운다.

이랑을 넘는 물결은
폭포처럼 피어오른다.

해변에 아이들이 모인다
찰찰 손을 씻고 구보로.

바다는 자꾸 설워진다.
갈매기의 노래에…

돌아다보고, 돌아다보고
돌아가는 오늘의 바다여!

초 한 대

초 한 대
내 방에 풍긴 향내를 맡는다.

광명의 제단이 무너지기 전
나는 깨끗한 제물을 보았다.

염소의 갈비뼈 같은 그의 몸
그의 생명인 심지까지
백옥 같은 눈물과 피를 흘려
불살라 벌인다.

그리고도 책상머리에 아롱거리며
선녀처럼 촛불은 춤을 춘다.

매를 본 꿩이 도망하듯이
암흑이 창구멍으로 도망한
나의 방에 품긴
제물의 위대한 향내를 맛보노라.

흐르는 거리

으스럼히 안개가 흐른다. 거리가 흘러간다. 저 전차, 자동차, 모든 바퀴가 어디로 흘리워 가는 것일까? 정박할 아무 항구도 없이, 가련한 많은 사람들을 싣고서, 안개 속에 잠긴 거리는.

거리 모퉁이 붉은 포스트 상자를 붙잡고 섰을라면, 모든 것이 흐르는 속에 어렴풋이 빛나는 가로등, 꺼지지 않는 것은 무슨 상징일까? 사랑하는 동무 박朴이여! 그리고 김金이여! 자네들은 지금 어디 있는가? 끝없이 안개가 흐르는데.

「새로운 날 아침, 우리 다시 정답게 손목을 잡아보세.」 몇 자 적어 포스트 속에 떨어뜨리고, 밤을 새워 기다리면 금화장에 금단추를 삐었고 거인처럼 찬란히 나타나는 배달부, 아침과 함께 즐거운 내임.

이 밤을 하염없이 안개가 흐른다.

사랑스런 추억

봄이 오던 아침, 서울 어느 쪼그만 정거장에서
희망과 사랑처럼 기차를 기다려

나는 플랫포옴에 간신한 그림자를 떨어뜨리고
담배를 피웠다.

내 그림자는 담배 연기 그림자를 날리고
비둘기 한 떼가 부끄러울 것도 없이
나래 속을 속, 속, 햇빛에 비춰 날았다.

기차는 아무 새로운 소식도 없이
나를 멀리 실어다 주어

봄은 다 가고 동경 교외 어느 조용한
하숙방에서, 옛 거리에 남은 나를 희망과
사랑처럼 그리워한다.
오늘도 기차는 몇 번이나 무의미하게 지나가고

오늘도 나는 누구를 기다려 정거장 가차운 언덕에
서 서성거릴게다.

아아, 젊음은 오래 거기 남아 있거라.

또 다른 고향

고향에 돌아온 날 밤에
내 백골이 따라와 한 방에 누웠다.

어둔 밤은 우주로 통하고
하늘에선가 소리처럼 바람이 불어온다.

어둠 속에서 곱게 풍화 작용하는
백골을 들여다보며
눈물짓는 것이 내가 우는 것이냐
백골이 우는 것이냐
아름다운 혼이 우는 것이냐.

지조 높은 개는
밤을 새워 어둠을 짖는다.
어둠을 짖는 개는
나를 쫓는 것일 게다.

가자 가자
쫓기우는 사람처럼 가자
백골 몰래
아름다운 또 다른 고향에 가자.

눈 오는 지도地圖

　순이가 떠난다는 아침에 말 못 할 마음으로 함박눈이 내려, 슬픈 것처럼 창밖에 아득히 깔린 지도 위에 덮인다.

　방안을 돌아다보아야 아무도 없다. 벽과 천장이 하얗다. 방안에까지 눈이 내리는 것일까. 정말 너는 잃어버린 역사처럼 홀홀이 가는 것이냐. 떠나기 전에 일러둘 말이 있던 것을 편지를 써서도 네가 가는 곳을 몰라 어느 거리, 어느 마을, 어느 지붕 밑, 너는 내 마음속에만 남아 있는 것이냐. 네 쪼고만 발자국을 눈이 자꾸 나려 덮여 따라갈 수도 없다. 눈이 녹으면 남은 발자국 자리마다 꽃이 피리니, 꽃 사이로 발자국을 찾아 나서면 일 년 열두 달 하냥 내 마음에는 눈이 내리리라.

소년

　여기저기서 단풍잎 같은 슬픈 가을이 뚝뚝 떨어진다. 단풍잎 떨어져 나온 자리마다 봄을 마련해 놓고 나뭇가지 위에 하늘이 펼쳐있다. 가만히 하늘을 들여다보려면 눈썹에 파란 물감이 든다. 두 손으로 따뜻한 볼을 쓸어보면 손바닥에도 파란 물감이 묻어난다. 다시 손바닥을 들여다본다. 손금에는 맑은 강물이 흐르고, 맑은 강물이 흐르고, 강물 속에는 사랑처럼 슬픈 얼굴 아름다운 순이의 얼굴이 어린다. 소년은 황홀히 눈을 감아 본다. 그래도 강물은 흘러 사랑처럼 슬픈 얼굴 아름다운 순이의 얼굴이 어린다.

기왓장 내외

비 오는 날 저녁에 기왓장 내외
잃어버린 외아들 생각나선지
꼬부라진 잔등을 어루만지며
쭈룩쭈룩 구슬피 울음웁니다.

대궐 지붕 위에서 기왓장 내외
아름답던 옛날이 그리워선지
주름 잡힌 얼굴을 어루만지며
물끄럼히 하늘만 쳐다봅니다.

소낙비

번개, 뇌성, 왁자지근 뚜다려
머-ㄴ 도회지에 낙뢰가 있어만 싶다.

벼루짱 엎어논 하늘로
살 같은 비가 살처럼 쏟아진다.

손바닥만 한 나의 정원이
마음같이 흐린 호수 되기 일쑤다.

바람이 팽이처럼 돈다.
나무가 머리를 이루 잡지 못한다.

내 경건한 마음을 모셔 드려
노아 배 하늘을 한 모금 마시다.

* 노아(Noah) : 구약성서 창세기의 홍수 이야기 속의 주인공(아담의 10대손)

무서운 시간

거 나를 부르는 것이 누구요.

가랑잎 이파리 푸르러 나오는 그늘인데
나 아직 여기 호흡이 남아 있소.

한 번도 손들어 보지 못한 나를
손들어 표할 하늘도 없는 나를.

어디에 내 한 몸 둘 하늘이 있어
나를 부르는 것이오.

일을 마치고 내 죽는 날 아침에는
서럽지도 않은 가랑잎이 떨어질 텐데…

나를 부르지 마오.

그 여자

함께 핀 꽃에 처음 익은 능금은
먼저 떨어졌습니다.

오늘도 가을바람은 그냥 붑니다.

길가에 떨어진 붉은 능금은
지나는 손님이 집어 갔습니다.

흰 그림자

황혼이 짙어지는 길모금에서
하루 종일 시들은 귀를 가만히 기울이면
땅거미 옮겨지는 발자취 소리

발자취 소리를 들을 수 있도록
나는 총명했던가요.

어제 어리석게도 모든 것을 깨달은 다음
오래 마음 깊은 속에
괴로워하던 수많은 나를
하나둘, 제 고장으로 돌려보내면

거리 모퉁이 어둠 속으로
소리 없이 사라지는 흰 그림자.

흰 그림자들
연연히 사랑하던 흰 그림자들.

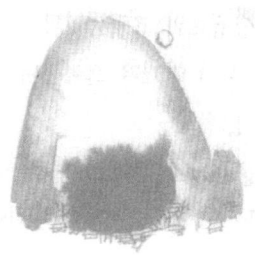

내 모든 것을 돌려보낸 뒤
허전히 뒷골목을 돌아
황혼처럼 물드는 내 방으로 돌아오면

신념이 깊은 의젓한 양처럼
하루 종일 시름없이 풀포기나 뜯자.

간肝

바닷가 햇빛 바른 바위 위에
습한 간을 펴서 말리우자.

코카사쓰 산중에서 도망해 온 토끼처럼
둘러리를 빙빙 돌며 간을 지키자.

내가 오래 기르던 여윈 독수리야!
와서 뜯어 먹어라, 시름없이

너는 살찌고
나는 여위어야지. 그러나

거북이야!
다시는 용궁의 유혹에 안 떨어진다.

프로메테우스 불쌍한 프로메테우스
불 도적한 죄로 목에 맷돌을 달고
끝없이 침전하는 프로메테우스

산림山林

시계가 자근자근 가슴을 때려
불안한 마음을 산림이 부른다.

천년 오래인 연륜에 짜들은 유암幽暗한 산림이
고달픈 한 몸을 포용할 인연을 가졌나 보다.

산림의 검은 파동波動으로부터
어둠은 어린 가슴을 짓밟고

이파리를 흔드는 저녁 바람이
솨 공포에 떨게 한다.

멀리 첫여름의 개구리 재질댐에
흘러간 마을의 과거는 아질타.

나무 틈으로 반짝이는 별만이
새날의 희망으로 나를 이끈다.

새벽이 올 때까지

다들 죽어가는 사람들에게
검은 옷을 입히시오.

다들 살아가는 사람들에게
흰옷을 입히시오.

그리고 한 침대에
가지런히 잠을 재우시오.

다들 울거들랑
젖을 먹이시오.

이제 새벽이 오면
나팔 소리 들려올 게외다

양지쪽

저쪽으로 황토 실은 이 땅 봄바람이
호인胡人의 물레바퀴처럼 돌아 지나고

아롱진 사월 태양의 손길이
벽을 등진 섧은 가슴마다 올올이 만진다.

지도 째기 놀음에 뉘 땅인 줄 모르는 애 둘이
한 뼘 손가락이 짧음을 한함이여

아서라! 가뜩이나 엷은 평화가
깨어질까 근심스럽다.

* 호인 : 야만인

밤

외양간 당나귀
아ー0 앙, 외마디 울음 울고

당나귀 소리에
으ー아 아, 애기 소스라쳐 깨고

등잔에 불을 다오.

아버지는 당나귀에게
짚은 한 키 담아 주고

어머니는 애기에게
젖을 한 모금 먹이고

밤은 다시 고요히 잠드오.

달같이

연륜이 자라듯이
달이 자라는 고요한 밤에
달같이 외로운 사랑이
가슴 하나 뻐근히
연륜처럼 피어 나간다.

유언

훤한 방에
유언遺言은 소리 없는 입놀림.

바다에 진주 캐러 갔다는 아들
해녀와 사랑을 속삭인다는 맏아들
이밤에사 돌아오나 내다봐라.

평생 외롭던 아버지의 운명
감기우는 눈에 슬픔이 어린다.

외딴집에 개가 짖고
휘양찬 달이 문살에 흐르는 밤.

조개껍질

아롱아롱 조개껍데기
울 언니 바닷가에서
주어 온 조개껍데기

여긴여긴 북쪽 나라요
조개는 귀여운 선물
장난감 조개껍데기

데굴데굴 굴리며 놀다
짝 잃은 조개껍데기
한 짝을 그리워하네.

아롱아롱 조개껍데기
나처럼 그리워하네
물소리 바닷물 소리.

아우의 인상화

붉은 이마에 싸늘한 달이 서리어
아우의 얼굴은 슬픈 그림이다.

발걸음을 멈추어
살그머니 앳된 손을 잡으며
"늬는 자라 무엇이 되려니"
"사람이 되지"
아우의 설은 진정코 설은 대답이다.

슬며시 잡았던 손을 놓고
아우의 얼굴을 다시 들여다본다.

싸늘한 달이 붉은 이마에 젖어
아우의 얼굴은 슬픈 그림이다.

아침

휙, 휙, 휙,
소꼬리가 부드러운 채찍질로
어둠을 쫓아
캄, 캄, 어둠이 깊다깊다 밝으오

이제 이 동리의 아침이
풀살 오는 소 엉덩이처럼 푸드오.
이 동리 콩죽 먹은 사람들이
땀물을 뿌려 이 여름을 길렀오.
잎, 잎, 풀잎마다 땀방울이 맺혔오.

구김살 없는 이 아침을
심호흡하오, 또 하오

비애

호젓한 세기의 달을 따라
알 듯 모를 듯한 데로 거닐고저!

아닌 밤중에 튀기듯이
잠자리를 뛰쳐
끝없는 광야를 홀로 거니는
사람의 심사는 외로우려니

아, 이 젊은이는
피라미드처럼 슬프구나.

자화상自畫像

산모퉁이를 돌아 논가 외딴우물을 홀로 찾아가선
가만히 들여다봅니다.

우물 속에는 달이 밝고 구름이 흐리고 하늘이
펼치고 파아란 바람이 불고 가을이 있습니다.

그리고 한 사나이가 있습니다.
어쩐지 그 사나이가 미워져 돌아갑니다.

돌아가다 생각하니 그 사나이가 가엽서집니다.
도로 가 들여다보니 사나이는 그대로 있습니다.

다시 그 사나이가 미워져 돌아갑니다.
돌아가다 생각하니 그 사나이가 그리워집니다.

우물 속에는 달이 밝고 구름이 흐리고 하늘이
펼치고 파아란 바람이 불고 가을이 있고
추억追憶처럼 사나이가 있습니다.

사랑의 전당

순아, 너는 내 전殿에 언제 들어왔든 것이냐?
내사 언제 네 전에 들어갔든 것이냐?

우리들의 전당은
고풍한 풍습이 어린 사랑의 전당

순아, 암사슴처럼 수정水晶눈을 나려감어라.
난 사자처럼 엉크린 머리를 고루련다.

우리들의 사랑은 한낱 벙어리였다.

성스런 촛대에 열熱한 불이 꺼지기 전
순아, 너는 앞문으로 내 달려라.

어둠과 바람이 우리 창에 부닥치기 전
나는 영원한 사랑을 안은 채
뒷문으로 멀리 사라지련다.

이제 네게는 삼림森林속의 아늑한 호수가 있고
내게는 준험한 산맥이 있다.

삶과 죽음

삶은 오늘도 죽음의 서곡을 노래하였다.
이 노래가 언제 끝나랴.

세상 사람은
뼈를 녹여내는 듯한 삶의 노래에
춤을 춘다.
사람들은 해가 넘어가기 전
이 노래 끝의 공포를 생각할 사이가 없었다.

하늘 복판에 알 새기듯이
이 노래를 부른 자가 누구뇨.

그리고 소낙비 그친 뒤 같이도
이 노래를 그친 자가 누구뇨.

죽고 뼈만 남은
죽음의 승리자 위인들!

별 헤는 밤

계절이 지나가는 하늘에는
가을로 가득 차 있습니다.

나는 아무 걱정도 없이
가을 속의 별들을 다 헤일 듯합니다.

가슴 속에 하나둘 새겨지는 별을
이제 다 못 헤는 것은
쉬이 아침이 오는 까닭이요
내일 밤이 남은 까닭이요
아직 나의 청춘이 다 하지 않은 까닭입니다.

별 하나에 추억과
별 하나에 사랑과
별 하나에 쓸쓸함과
별 하나에 동경과
별 하나에 시와
별 하나에 어머니, 어머니.

어머님, 나는 별 하나에 아름다운 말 한마디씩 불러봅니다. 소학교 때 책상을 같이 했던 아이들의 이름과 패, 경, 옥 이런 이국 소녀들의 이름과, 벌써 애기 어머니가 된 계집애들의 이름과, 가난한 이웃 사람들의 이름과, 비둘기, 강아지, 토끼, 노새, 노루, 프랑시스 잠, 라이너 마리아 릴케, 이런 시인의 이름을 불러봅니다.

이네들은 너무나 멀리 있습니다.
별이 아슬히 멀듯이

어머님,

그리고 당신은 멀리 북간도에 계십니다.

나는 무엇인지 그리워
이 많은 별빛이 내린 언덕 위에
내 이름자를 써보고
흙으로 덮어버리었습니다.

딴은 밤을 새워 우는 벌레는
부끄러운 이름을 슬퍼하는 까닭입니다.

그러나 겨울이 지나고, 나의 별에도 봄이 오면
무덤 위에 파란 잔디가 피어나듯이
내 이름자 묻힌 언덕 위에도
자랑처럼 풀이 무성할게외다.

투르게네프의 언덕

나는 고갯길을 넘고 있었다. 그때 세 소년 거지가 나를 지나쳤다.

첫째 아이는 잔등에 바구니를 둘러메고, 바구니 속에는 사이다 병, 간즈메통, 쇳조각, 헌 양말짝 등 폐물이 가득하였다.

둘째 아이도 그러하였다. 셋째 아이도 그러하였다.

텁수룩한 머리털, 시커먼 얼굴에 눈물 고인 충혈된 눈, 색 잃어 푸르스름한 입술, 너들너들한 남루, 찢겨진 맨발,

아아, 얼마나 무서운 가난이 이 어린 소년들을 삼키었느냐! 나의 측은한 마음이 움직이었다.

나는 호주머니를 뒤지었다. 두툼한 지갑, 시계, 손수건, 있을 것은 죄다 있었다.

그러나 무턱대고 이것들을 내줄 용기는 없었다. 손으로 만지작 만지작거릴 뿐이었다.

다정스레 이야기나 하리라 하고 '애들아' 불러보았다.

첫째 아이가 충혈된 눈으로 흘끔 돌아다볼 뿐이었다.

둘째 아이도 그러할 뿐이었다. 셋째 아이도 그러할 뿐이었다.

그리고는 너와는 상관없다는 듯이 자기네끼리 소곤소곤 이야기 하면서 고개로 넘어갔다.

언덕 위에는 아무도 없었다. 짙어가는 황혼이 밀려들 뿐.

님의 침묵

한용운(1879~1942)

1879년 충남 홍성군 결성면 성곡리에서 부농의 차남으로 태어났으며, 향리 서당에서 한학을 배움 18세 때는 동학난에 가담, 의병의 우두머리로 혁명생활의 첫걸음을 내디뎠다. 그 후 의병에 실패하자 불교 공부에 몰두하여 강원도 인제군 백담사에 들어가 김련곡 화상에 의해 득도. 『님의 침묵』 속에 수록된 시 다수를 씀. 불교 정화 운동에 심혈을 가울이면서 독립운동을 벌였으며 3.1운동의 주동자로 체포되어 3년의 옥고를 치루었다. 1942년 성북동 심우장에서 지병인 신경통으로 타계.

韓龍雲　韓龍雲　韓龍雲　韓龍雲

韓龍雲　韓龍雲　韓龍雲　韓龍雲

韓龍雲　韓龍雲　韓龍雲　韓龍雲

韓龍雲　韓龍雲　韓龍雲　韓龍雲

韓龍雲　韓龍雲　韓龍雲　韓龍雲

韓龍雲　韓龍雲　韓龍雲　韓龍雲

韓龍雲　韓龍雲　韓龍雲　韓龍雲

韓龍雲　韓龍雲　韓龍雲　韓龍雲

님의 침묵

　님은 갔습니다. 아아, 사랑하는 나의 님은 갔습니다.

　푸른 산빛을 깨치고 단풍나무 숲을 향하여 난 작은 길을 걸어서, 차마 떨치고 갔습니다.

　황금의 꽃같이 굳고 빛나던 옛 맹세는 차디찬 티끌이 되어서 한숨의 미풍에 날아갔습니다.

　날카로운 첫 키스의 추억은 나의 운명의 지침을 돌려놓고 뒷걸음쳐서 사라졌습니다.

　나는 향기로운 님의 말소리에 귀먹고, 꽃다운 님의 얼굴에 눈멀었습니다.

　사랑도 사람의 일이라, 만날 때에 미리 떠날 것을 염려하고 경계하지 아니한 것은 아니지만, 이별은 뜻밖의 일이 되고 놀란 가슴은 새로운 슬픔에 터집니다.

그러나, 이별은 쓸데없는 눈물의 원천을 만들고 마는 것은, 스스로 사랑을 깨치는 것인 줄 아는 까닭에, 걷잡을 수 없는 슬픔의 힘을 옮겨서 새 희망의 정수박이에 들어부었습니다.

우리는 만날 때에 떠날 것을 염려하지는 않는 것과 같이 떠날 때에, 다시 만날 것을 믿습니다.

아아, 님은 갔지마는, 나는 님을 보내지 아니하였습니다.

제 곡조를 못 이기는 사랑의 노래는 님의 침묵을 휩싸고 돕니다.

알 수 없어요

바람도 없는 공중에 수직의 파문을 내이며, 고요히 떨어지는 오동 잎은 누구의 발자취입니까.

지리한 장마 끝에 서풍에 몰려가는 무서운 검은 구름의 터진 틈으로 언뜻언뜻 보이는 푸른 하늘은 누구의 얼굴입니까.

꽃도 없는 깊은 나무에 푸른 이끼를 거쳐서, 옛 탑 위의 고요한 하늘을 스치는 알 수 없는 향기는 누구의 입김입니까.

근원은 알지도 못할 곳에서 나서, 돌부리를 울리고 가늘게 흐르는 작은 시내는 굽이굽이 누구의 노래입니까.

연꽃 같은 발꿈치로 가이 없는 바다를 밝고, 옥 같은 손으로 끝없는 하늘을 만지면서 떨어지는 날을 곱게 단장하는 저녁놀은, 누구의 시입니까.

타고 남은 재가 다시 기름이 됩니다. 그칠 줄을 모르고 타는 나의 가슴은, 누구의 밤을 지키는 약한 등불입니까.

가지 마서요

그것은 어머니의 가슴에 머리를 숙이고, 아기자기한 사랑을 받으려고 삐죽거리는 입술로 표정하는 어여쁜 아기를 싸안으려는 사랑의 날개가 아니라, 적의 깃발입니다.

그것은 자비의 백호광명이 아니라, 번득거리는 악마의 눈빛입니다.

그것은 면류관과 황금의 누리와 죽음과를 본 체도 아니하고, 몸과 마음을 돌돌 뭉쳐서 사랑의 바다에 풍당 넣으려는 사랑의 여신이 아니라, 칼의 웃음입니다.

아아, 님이여. 위안에 목마른 나의 님이여, 걸음을 돌리셔요. 거기를 가지 마셔요. 나는 싫어요.

대지의 음악은 무궁화 그늘에 잠들었습니다.

광명의 꿈은 검은 바다에서 자맥질합니다.

무서운 침묵은 만상萬象의 속살거림에 서슬이 푸른 교훈을 내리고 있습니다.

아아, 님이여. 새 생명의 꽃에 취하는 나의 님이여, 걸음을 돌리셔요. 거기를 가지 마셔요. 나는 싫어요.

거룩한 천사의 세례를 받은 순결한 청춘을 똑따서 그 속에 자기의 생명을 넣어서, 그것을 사랑의 제단에 제물로 드리는 어여쁜 처녀가 어디 있어요.

달콤하고 맑은 향기를 꿀벌에게 주고, 다른 꿀벌에게 주지 않는 이상한 백합꽃이 어디 있어요.

자신의 전체를 죽음의 청산에 장사 지내고 흐르는 빛으로 밤을 두 조각에 베이는 반딧불이 어디 있어요.

아아, 님이여. 정에 순사殉死하려는 나의 님이여, 걸음을 돌리셔요, 거기를 가지 마셔요. 나는 싫어요.

그 나라에는 허공이 없습니다.

그 나라에는 그림자 없는 사람들이 전쟁을 하고 있습니다.

그 나라에는 우주 만상의 모든 생명의 쇳대를 가지고 척도를 초월한 삼엄한 궤율軌律로 진행하는 위대한 시간이 정지되었습니다.

아아, 님이여. 죽음을 방향芳香이라고 하는 나의 님이여, 걸음을 돌리셔요. 거기를 가지 마셔요. 나는 싫어요.

고적한 밤

하늘에는 달이 없고 땅에는 바람이 없습니다.
사람들은 소리가 없고, 나는 마음이 없습니다.

우주는 죽음인가요.
인생은 잠인가요.

한 가닥은 눈썹에 걸치고 한 가닥은 작은 별에 걸쳤던 님 생각의
금실은 살살살 걷힙니다.
한 손에는 황금의 칼을 들고 다른 한 손으로 천국의 꽃을 꺾던
환상의 여왕도 그림자를 감추었습니다.
아아, 님 생각의 금실과 환상의 여왕이 두 손을 마주 잡고 눈물의
속에서 정사한 줄이야 누가 알아요.

우주는 죽음인가요.
인생은 눈물인가요.
인생이 눈물이라면
죽음은 사랑인가요.

이별은 미의 창조

이별은 미美의 창조입니다.

이별의 미는 아침의 바탕[質] 없는 황금과, 밤의 올[絲] 없는 검은 비단과, 죽음 없는 영원의 생명과 시들지 않는 하늘의 푸른 꽃에도 없습니다.

임이여, 이별이 아니면, 나는 눈물에서 죽었다가 웃음에서 다시 살아날 수가 없습니다. 오오, 이별이여.

미는 이별의 창조입니다.

나의 길

이 세상에는 길도 많기도 합니다.

산에는 돌길이 있습니다. 바다에는 뱃길이 있습니다. 공중에는 달과 별의 길이 있습니다.

강가에서 낚시질하는 사람은 모래 위에 발자취를 냅니다. 들에서 나물 캐는 여자는 방초를 밟습니다.

악한 사람은 죄의 길을 쫓아갑니다.

의義 있는 사람은 옳은 일을 위하여는 칼날을 밟습니다.

서산에는 지는 해는 붉은 놀을 밟습니다.

봄 아침의 맑은 이슬은 꽃 머리에서 미끄럼탑니다.

그러나 나의 길은 이 세상에 둘밖에 없습니다.

하나는 님의 품에 안기는 길입니다.

그렇지 아니하면 죽음의 품에 안기는 길입니다.

그것은 만일 님의 품에 안기지 못하면 다른 길은 죽음의 길보다 험하고 괴로운 까닭입니다.

아아, 나의 길은 누가 내었습니까.

아아, 이 세상에는 님이 아니고는. 나의 길을 낼 수가 없습니다.

그런데 나의 길을 님이 내었으면 죽음의 길은 왜 내셨을까요.

이별

아아, 사람은 약한 것이다. 여린 것이다. 간사한 것이다.
이 세상에는 진정한 사랑의 이별은 있을 수가 없는 것이다.
죽음으로 사랑을 바꾸는 님과 님에게야 무슨 이별이 있으랴.
이별의 눈물은 물거품의 꽃이요, 도금한 금방울이다.

칼로 베인 이별의 키스가 어디 있느냐.
생명의 꽃으로 빚은 이별의 두견주가 어디 있느냐.
피의 홍보석으로 만든 이별의 기념 반지가 어디 있느냐.
이별의 눈물은 저주의 마니주요, 거짓의 수정이다.

사랑의 이별은 이별의 반면에 반드시 이별하는 사랑보다 더 큰
사랑이 있는 것이다.
혹은 직접의 사랑은 아닐지라도 간접의 사랑이라도 있는 것이다.
다시 말하면 이별하는 애인보다 자기를 더 사랑하는 것이다.
만일 애인을 자기의 생명보다 더 사랑하면 무궁을 회전하는 시간
의 수레바퀴에 이끼가 끼도록 사랑의 이별은 없는 것이다.

아니다. 아니다. '참'보다도 참인 님의 사랑엔, 죽음 보다도 이별이 훨씬 위대하다.

죽음이 한 방울의 찬 이슬이라면 이별은 일천 줄기의 꽃비다. 죽음이 밝은 별이라면 이별은 거룩한 태양이다.

생명보다 사랑하는 애인을 사랑하기 위하여는 죽을 수가 없는 것이다.

진정한 사랑을 위해서는 괴롭게 사는 것이 죽음보다 더 큰 희생이다.

이별은 사랑을 위하여 죽지 못하는 가장 큰 고통이요, 보은이다.

애인은 이별보다 애인의 죽음을 더 슬퍼하는 까닭이다.

사랑은 붉은 촛불이나 푸른 술에만 있는 것이 아니라, 먼 마음을 서로 비치는 무형에도 있는 까닭이다.

그러므로 사랑하는 애인을 죽음에서 잊지 못하고 이별에서 생각하는 것이다.

그러므로 사랑하는 애인을 죽음에서 웃지 못하고 이별에서는 우는 것이다.

그러므로 애인을 위하여는 이별의 원한을 죽음의 유쾌로 갚지 못하고 슬픔의 고통으로 참는 것이다.

그러므로 사랑은 차마 죽지 못하고 차마 이별하는 사랑보다 더 큰 사랑은 없는 것이다.

그리고 진정한 사랑은 곳이 없다.
진정한 사랑은 애인의 포옹만 사랑할 뿐 아니라 애인의 이별도 사랑하는 것이다.

그리고 진정한 사랑은 때가 없다.
진정한 사랑은 간단이 없어서 이별은 애인의 육肉뿐이요, 사랑은 무궁이다.

아, 진정한 애인을 사랑함에는 죽음은 칼을 주는 것이요, 이별은 꽃을 주는 것이다.
아아, 이별의 눈물은 진眞이요, 선善이요, 미美다
아아, 이별의 눈물은 석가요, 모세요, 잔다르크다.

꿈 깨고서

임이면은 나를 사랑하련마는 밤마다 문밖에 와서 발자취 소리만
내이고, 한 번도 들어오지 아니하고 도로 가니 그것이 사랑인가요
　그러나 나는 발자취나마 님의 문밖에 가본 적이 없습니다.
　아마 사랑은 임에게만 있나 봐요.

　아아, 발자취 소리나 아니더면 꿈이나 아니 깨었으련마는
　꿈은 임을 찾아가려고 구름을 탔었어요.

길이 막혀

당신의 얼굴은 달도 아니언만
산 넘고 물 넘어 나의 마음을 비칩니다.

나의 손길은 왜 그리 짧아서
눈앞에 보이는 당신의 가슴을 못 만지나요.

당신이 오기로 못 올 것이 무엇이며
내가 가기로 못 갈 것이 없지마는
산에는 사다리가 없고
물에는 배가 없어요.

뉘라서 사다리를 떼고 배를 깨뜨렸습니까.
나는 보석으로 사다리 놓고 진주로 배 모아요.
오시려도 길이 막혀서 못 오시는 당신이 그리워요.

하나가 되어 주세요

님이여, 나의 마음을 가져가려거든 마음을 가진 나까지 가져가세요. 그리하여 나로 하여금 님에게서 하나가 되게 하셔요.

그렇지 아니하거든 나에게 고통만을 주지 마시고, 님의 마음을 다 주셔요. 그리고 마음을 가진 님한지 나에게 주셔요. 그래서 님으로 하여금 나에게서 하나가 되게 하셔요.

그렇지 아니하거든 나의 마음을 돌려보내 주셔요. 그리고 나에게 고통을 주셔요.

그러면 나는 나의 마음을 가지고, 님이 주시는 고통을 사랑하겠습니다.

나룻배와 행인

나는 나룻배
당신은 행인.

당신은 흙발로 나를 짓밟습니다.
나는 당신을 안고 물을 건너갑니다.
나는 당신을 안으면 깊으나 얕으나 급한 여울이나 건너갑니다.
만일 당신이 아니 오시면 나는 바람을 쐬고
눈비를 맞으며 밤에서 낮까지 당신을 기다리고 있습니다.

당신은 물만 건너면 나를 돌아보지도 않고 가십니다그려.
그러나 당신이 언제든지 오실 줄만은 알아요.
나는 당신을 기다리면서 날마다 날마다 낡아갑니다.

나는 나룻배
당신은 행인.

당신이 아니더면

　당신이 아니더면 포시럽고 매끄럽던 얼굴에 왜 주름살이 접혀요.
당신이 그립지만 않다면, 언제까지라도 나는 늙지 아니할 테여요.
맨처음에 당신에게 안기던, 그때대로 있을 테여요.

　그러나 늙고 병들고 죽기까지라도, 당신 때문이라면 나는 싫지
않아요.
　나에게 생명을 주던지, 당신의 뜻대로나 하셔요.
　나는 곧, 당신이어요.

생명

닻과 키를 잃고 거친 바다에 표류된 작은 생명의 배는, 아직 발견도 아니 된 황금의 나라를 꿈꾸는 한 줄기 희망이 나침반이 되고, 항로가 되고, 순풍이 되어서, 물결의 한 끝은 하늘을 치고, 다른 물결의 한 끝은 땅을 치는 무서운 바다에 배질합니다.

님이여, 님에게 바치는 이 작은 생명을 힘껏 껴안아 주셔요.

이 작은 생명이 님의 품에서 으스러진다 하여도 환희의 영지靈地에서, 순정純情한 생명의 파편은 최귀最貴한 보석이 되어서 조각조각이 적당히 이어져서, 님의 가슴에 사랑의 휘장을 걸겠습니다.

님이여, 끝없는 사막에 한 가지의 깃들일 나무도 없는, 작은 새인 나의 생명을 님의 가슴에 으스러지도록 껴안아 주셔요.

그리고 부서진 생명의 조각조각에 입 맞춰 주셔요.

사랑의 측량

즐겁고 아름다운 일은 양이 많을수록 좋은 것입니다.

그런데 당신의 사랑은 양이 적을수록 좋은가 봐요.

당신의 사랑은 당신과 나와 두 사람의 사이에 있는 것입니다.

사랑의 양을 알려면 당신과 나의 거리를 측량할 수밖에 없습니다.

그래서 당신과 나의 거리가 멀면 사랑의 양이 많고, 거리가 가까우면 사랑의 양이 적을 것입니다.

그런데 작은 사랑은 나를 웃기더니, 많은 사랑은 나를 울립니다.

뉘라서 사람이 멀어지면, 사랑도 멀어진다고 하여요.

당신이 가신 뒤로 사랑이 멀어졌으면, 날마다 날마다 나를 울리는 것은 사랑이 아니고 무엇이어요.

슬픔의 삼매

하늘의 푸른 빛과 같이 깨끗한 죽음은 군동群動을 정화합니다.
허무의 빛인 고요한 밤은 대지에 군림하였습니다.
힘없는 촛불 아래에 사려뜨리고 외로이 누워 있는 오오, 님이여.
눈물의 바다에 꽃배를 띄웠습니다.
꽃배는 님을 싣고 소리도 없이 가라앉았습니다.
나는 슬픔의 삼매三昧에 '아공我空'이 되었습니다.

꽃향기의 무르녹은 안개에 취하여 청춘의 광야에 비틀걸음치는
미인이여.
죽음을 기러기 털보다도 가볍게 여기고, 가슴에서 타오르는 불꽃
을 얼음처럼 마시는 사랑의 광인狂人이여.
아아, 사랑에 병들어 자기의 사랑에게 자살을 권고하는 사랑의
실패자여.
그대는 만족한 사랑을 받기 위하여 나의 팔에 안겨요.
나의 팔은 그대의 사랑의 분신일 줄을 그대는 왜 모르셔요.

밤은 고요하고

밤은 고요하고 방은 물로 씻은 듯합니다.

이불은 개인 채로 옆에 놓아두고, 화롯불을 다듬거리고 앉았습니다.

밤은 얼마나 되었는지, 화롯불은 꺼져서 찬 재가 되었습니다.

그러나 그를 사랑하는 나의 마음은 오히려 식지 아니하였습니다.

닭의 소리가 채 나기 전에 그를 만나서 무슨 말을 하였는데, 꿈조차 분명치 않습니다그려.

포도주

가을바람과 아침볕에 마치 맞게 익은 향기로운 포도를 따서 술을 빚었습니다.

그 술 고이는 향기는 가을 하늘을 물들입니다.

님이여, 그 술을 연잎 잔에 가득히 부어서 님에게 드리겠습니다.

님이여, 떨리는 손을 거쳐서 타오르는 입술을 축이셔요.

님이여, 그 술은 한밤을 지나면 눈물이 됩니다.

아아, 한밤을 지나면 포도주가 눈물이 되지마는, 또 한밤을 지나면 나의 눈물이 다른 포도주가 됩니다. 오오, 님이여.

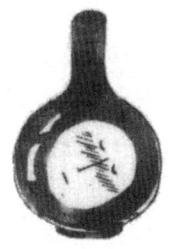

행복

나는 당신을 사랑하고, 당신의 행복을 사랑합니다. 나는 온 세상 사람이 당신을 사랑하고, 당신의 행복을 사랑하기를 바랍니다.

그러나 정말로 당신을 사랑하는 사람이 있다면, 나는 그 사람을 미워하겠습니다.

그 사람을 미워하는 것은 당신을 사랑하는 마음의 한 부분입니다.

그러므로 그 사람을 미워하는 고통도 나에게는 행복입니다.

만일 온 세상 사람이 당신을 미워한다면, 나는 그 사람을 얼마나 미워하겠습니까.

만일 온 세상 사람이 당신을 사랑하지도 않고 미워하지도 않는다면, 그것은 나의 일생에 견딜 수 없는 불행입니다.

만일 온 세상 사람이 당신을 사랑하고자 하여 나를 미워한다면, 나의 행복은 더 클 수가 없습니다.

그것은 모든 사람의 나를 미워하는 원한의 두만강이 깊을수록 나의 당신을 사랑하는 행복의 백두산이 높아지는 까닭입니다.

착인錯認

　내려오서요. 나의 마음이 자릿자릿하여요. 곧 내려오서요.

　사랑하는 님이여, 어찌 그렇게 높고 가는 나뭇가지 위에서 춤을 추서요.

　두 손으로 나뭇가지를 단단히 붙들고 고히고히 내려오셔요.

　에그, 저 나무 잎새가 연꽃 봉오리 같은 입술을 스치겠네. 어서 내려오서요.

　「녜 녜, 내려가고 싶은 마음이 잠자거나 죽은 것은 아닙니다마는, 나는 아시는 바와 같이 여러 사람의 님인 때문이여요. 향기로운 부르심을 거스리고자 하는 짓은 아닙니다」고 버들가지에 걸린 반달은 해쭉해쭉 웃으면서 이렇게 말하는 듯하였습니다.

　나는 작은 풀잎만치도 가림이 없는 발가벗은 부끄러움을 두 손으로 움켜쥐고, 빠른 걸음으로 잠자리에 들어가서 눈을 감고 누웠습니다.

　내려오지 않는다든 반달이 사뿐사뿐 걸어와서 창밖에 숨어서 나의 눈을 엿봅니다.

　부끄럽던 마음이 갑자기 무서워서 떨려집니다.

* 착인(錯認) : 그릇되게 인식함. 오인.

비밀

비밀입니까, 비밀이라니요. 나에게 무슨 비밀이 있겠습니까.
나는 당신에게 대하여 비밀을 지키려고 하였습니다마는, 비밀은
야속히도 지켜지지 아니하였습니다.

나의 비밀은 눈물을 거쳐서 당신의 시각으로 들어갔습니다.
나의 비밀은 한숨을 거쳐서 당신의 청각으로 들어갔습니다.
나의 비밀은 떨리는 가슴을 거쳐서, 당신의 촉각으로 들어갔습니
다.
그 밖의 비밀은 한 조각 붉은 마음이 되어서, 당신의 꿈으로 들어
갔습니다.
그리고 마지막 비밀은 하나 있습니다. 그러나 그 비밀은 소리
없는 메아리와 같아서 표현할 수가 없습니다.

비방

세상은 비방도 많고 시기도 많습니다.

당신에게 비방과 시기가 있을지라도 관심치 마셔요.

비방을 좋아하는 사람들은 태양에 흑점이 있는 것도 다행으로 생각합니다.

당신에게 대하여는 비방할 것이 없는 거짓을 비방할는지 모르겠습니다.

조는 사자를 죽은 양이라고 할지언정, 당신이 시련을 받기 위하여 도적에게 포로가 되었다고, 그것을 비겁이라고 할 수는 없습니다.

달빛을 갈꽃으로 알고 흰 모래 위에서 갈매기를 이웃하여 잠자는 기러기를 음란하다고 할지언정, 정직한 당신이 교활한 유혹에 속아서 청루에 들어갔다고, 당신을 지조가 없다고 할 수는 없습니다.

당신에게 비방과 시기가 있을지라도 관심치 마셔요.

비

비는 가장 큰 권위를 가지고, 가장 좋은 기회를 줍니다.
비는 해를 가리고 하늘을 가리고, 세상 사람의 눈을 가립니다.
그러나 비는 번개와 무지개를 가리지 않습니다.

나는 번개가 되어 무지개를 타고, 당신에게 가서 사랑의 팔에
감기고자 합니다.
비 오는 날 가만히 가서 당신의 침묵을 가져온대도, 당신의 주인
은 알 수가 없습니다.

만일 당신이 비 오는 날에 오신다면, 나는 연蓮잎으로 웃옷을 지
어서 보내겠습니다.
당신이 비 오는 날에 연잎 옷을 입고 오시면, 이 세상에는 알
사람이 없습니다.
당신이 비 가운데로 가만히 오셔서 나의 눈물을 가져가신대도
영원한 비밀이 될 것입니다.
비는 가장 큰 권위를 가지고, 가장 좋은 기회를 줍니다.

해당화

당신은 해당화 피기 전에 오신다고 하였습니다.
봄은 벌써 늦었습니다.
봄이 오기 전에는 어서 오기를 바랐더니,
봄이 오고 보니 너무 일찍 왔나 두렵습니다.

철모르는 아이들은 뒷동산에 해당화가 피었다고
다투어 말하기로 듣고도 못 들은 체하였더니
야속한 봄바람은 꽃을 불어서 경대 위에 놓입니다그려.
시름없이 꽃을 주어서 입술에 대고,
'너는 언제 피었니' 하고 물었습니다.
꽃은 말도 없이 나의 눈물에 비쳐서 둘도 되고 셋도 됩니다.

심은 버들

뜰앞에 버들을 심어
님의 말을 때렸더니
님은 가실 때에
버들을 꺾어 말채찍을 하였습니다.

버들마다 채찍이 되어서
님을 따르는 나의 말도 채칠까 하였더니
남은 가지 천만사千萬絲는
해마다 해마다 보낸 한恨을 잡아맵니다.

참아 주세요

나는 당신을 이별하지 아니할 수가 없습니다. 님이여, 나의 이별을 참아주세요.

당신이 고개를 넘어갈 때에 나를 돌아보지 마셔요. 나의 몸은 한 작은 모래 속으로 들어가려 합니다.

님이여, 이별을 참을 수가 없거든, 나의 죽음을 참아주셔요.

나의 생명의 배는 부끄럼의 땀의 바다에서 스스로 폭침爆沈하려 합니다. 님이여, 님의 입김으로 그것을 불어서 속히 잠기게 하여 주셔요. 그리고 그것을 웃어 주셔요.

님이여, 나의 죽음을 참을 수가 없거든, 나를 사랑하지 말아 주셔요. 그리하고 나로 하여금 당신을 사랑할 수가 없도록 하여 주셔요.

나의 몸은 터럭 하나도 빠지 아니한 채로 당신의 품에 사라지겠습니다.

님이여, 당신과 내가 사랑의 속에서 하나가 되는 것을 참아주셔요. 그리하여 당신은 나를 사랑하지 말고, 나로 하여금 당신을 사랑할 수가 없도록 하여 주셔요. 오오, 님이여.

당신을 보았습니다

당신이 가신 뒤로, 나는 당신을 잊을 수가 없습니다.
까닭은 당신을 위하느니보다, 나를 위함이 많습니다.

나는 갈고 심을 땅이 없으므로 추수秋收가 없습니다.
저녁거리가 없어서 조나 감자를 꾸러 이웃집에 갔더니, 주인은
'거지는 인격이 없다. 인격이 없는 사람은 생명이 없다. 너를 도와주
는 것은 죄악이다.'고 말하였습니다.
그 말을 듣고 돌아 나올 때에 쏟아지는 눈물 속에서, 당신을 보았
습니다.

나는 집도 없고 다른 까닭을 겸하여 민적民籍이 없습니다.
'민적이 없는 자는 인권이 없다. 인권이 없는 너에게 무슨 정조貞
操냐.' 하고 능욕하려는 장군이 있었습니다.
그를 항거한 뒤에, 남에게 대한 격분이 스스로의 슬픔으로 화化하
는 찰나에, 당신을 보았습니다.
아아, 온갖 윤리, 도덕, 법률은 칼과 황금을 제사 지내는 연기인
줄을 알았습니다.

영원한 사랑을 받을까, 인간 역사의 첫 페이지에 잉크 칠을 할까, 술을 마실까 망설일 때에, 당신을 보았습니다.

후회

당신이 계실 때에 알뜰한 사랑을 못 하였습니다.

사랑보다 믿음이 많고 즐거움보다 조심이 더하였습니다.

게다가 나의 성격이 냉담하고 가난에 쫓겨서 병들어 누운 당신에게, 도리어 소활疏闊하였습니다.

그러므로 당신이 가신 뒤에, 떠난 근심보다 뉘우치는 눈물이 많습니다.

님의 손길

님의 사랑은 강철을 녹이는 불보다도 뜨거운데,
님의 손길은 너무 차서 한도가 없습니다.
나는 이 세상에서 서늘한 것도 보고 찬 것도 보았습니다.
그러나 님의 손길같이 찬 것은 볼 수가 없습니다.

국화 핀 서리 아침에 떨어진 잎새를 울리고
오는, 가을 바람도 님의 손길보다는 차지 못합니다.
달이 적고 별에 뿔나는 겨울밤에, 얼음 위에 쌓인 눈도
님의 손길보다도 차지 못합니다.
감로甘露와 같이 청량한 선사禪師의 설법도 님의
손길보다는 차지 못 합니다.

나의 작은 가슴에 타오르는 불꽃은
님의 손길이 아니고는 끄는 수가 없습니다.
님의 손길의 온도를 측량할 만한 한란계는
나의 가슴밖에는 아무 데도 없습니다.
님의 사랑은 불보다도 뜨거워서, 근심 산을 태우고
한恨 바다를 말리는데, 님의 손길은 너무도 차서 한도가 없습니다.

사랑하는 까닭

내가 당신을 사랑하는 것은
까닭이 없는 것이 아닙니다.
다른 사람들은 나의 홍안紅顔만을 사랑하지마는
당신은 나의 백발도 사랑하는 까닭입니다.

내가 당신을 그리워하는 것은
까닭이 없는 것이 아닙니다.
다른 사람들은 나의 미소만을 사랑하지마는
당신은 나의 눈물도 사랑하는 까닭입니다.

내가 당신을 기다리는 것은
까닭이 없는 것이 아닙니다.
다른 사람들은 나의 건강만을 사랑하지마는
당신은 나의 죽음도 사랑하는 까닭입니다.

* 홍안(紅顔) : 붉은 얼굴이라는 뜻으로, 젊어서 혈색이 좋은 얼굴을 이르는 말.

그를 보내며

그는 간다. 그가 가고 싶어서 가는 것도 아니오. 내가 보내고 싶어서 보내는 것도 아니지만, 그는 간다.

그의 붉은 입술, 흰 이, 가는 눈썹이 어여쁜 줄만 알았더니, 구름 같은 뒷머리, 실버들 같은 허리, 구슬 같은 발꿈치가 보다도 아름답습니다.

걸음이 걸음보다 멀어지더니 보이려다 말고 말려다 보인다.

사람이 멀어질수록 마음은 가까워지고, 마음이 가까워질수록 사랑은 멀어진다.

보이는 듯한 것이 그의 흔드는 수건인가 하였더니, 갈매기보다도 적은 조각구름이 난다.

꽃이 먼저 알아

옛집을 떠나서 다른 시골에 봄을 만났습니다.
꿈은 이따금 봄바람을 따라서 아득한 옛터에 이릅니다.
지팡이는 푸르고 푸른 풀빛에 묻혀서 그림자와 서로 따릅니다.

길가에서 이름도 모르는 꽃을 보고서 행여 근심을 잊을까 하고
앉았습니다.
꽃송이에는 아침 이슬이 아직 마르지 아니한가 하였더니, 아아,
나의 눈물이 떨어진 줄이야 꽃이 먼저 알았습니다.

님의 얼굴

님의 얼굴을 '어여쁘다'고 하는 말은 적당한 말이 아닙니다.

어여쁘다는 말은 인간 사람의 얼굴에 대한 말이요, 님은 인간의 것이라고 할 수가 없을 만치 어여쁜 까닭입니다.

자연은 어찌하여 그렇게 어여쁜 님을 인간으로 보냈는지, 아무리 생각하여도 알 수가 없습니다.

알겠습니다. 자연의 가운데에는 님의 짝이 될 만한 무엇이 없는 까닭입니다.

님의 입술 같은 연꽃이 어디 있어요. 님의 살빛 같은 백옥이 어디 있어요.

봄 호수에서 님의 눈결 같은 잔물결을 보았습니다. 아침볕에서 님의 미소 같은 방향芳香을 들었습니까.

천국의 음악은 님의 노래의 반향反響입니다. 아름다운 별들은 님의 눈빛의 화현化現입니다.

아아, 나는 님의 그림자여요.

님은 님의 그림자밖에는 비길 만한 것이 없습니다.

님의 얼굴을 어여쁘다고 하는 말은 적당한 말이 아닙니다.

당신의 편지

당신의 편지가 왔다기에, 꽃밭 매던 호미를 놓고 떼어보았습니다.
그 편지 글씨는 가늘고 글줄은 많으나, 사연은 간단합니다.
만일 님이 쓰신 편지이면, 글은 짧을지라도 사연은 길 터인데.

당신의 편지가 왔다기에, 바느질 그릇을 치워놓고 떼어보았습니다.
그 편지는 나에게 잘 있느냐고만 묻고, 언제 오신다는 말은 조금도 없습니다.
만일 님이 쓰신 편지이면 나의 일은 묻지 않더라도, 언제 오신다는 말을 먼저 썼을 터인데.

당신의 편지가 왔다기에 약을 달이다 말고 떼어보았습니다.
그 편지는 당신의 주소는 다른 나라의 군함軍艦입니다.
만일 님이 쓰신 편지이면, 남의 군함에 있는 것이 사실이라 할지라도, 편지에는 군함에서 떠났다고 하였을 터인데.

거짓 이별

당신과 나와 이별한 때가, 언제인지 아십니까.

가령 우리가 좋을 대로 말하는 것과 같이, 거짓 이별이라 할지라도, 나의 입술이 당신의 입술에 닿지 못하는 것은 사실입니다.

이 거짓 이별은 언제나, 우리에게서 떠날 것인가요.

한 해 두 해 가는 것이 얼마 아니 된다고 할 수가 없습니다.

시들어 가는 두 볼의 도화桃花가 무정한 봄바람에, 몇 번이나 스쳐서 낙화落花가 될까요.

회색이 되어가는 두 귀밑의 푸른 구름이, 쪼이는 가을볕에 얼마나 바래서 백설白雪이 될까요.

머리는 희어가도 마음은 붉어갑니다.

피는 식어가도 눈물은 더워갑니다.

사랑의 언덕엔 사태가 나도 희망의 바다엔 물결이 뛰놀아요.

이른바 거짓 이별이 언제든지 우리에게서 떠날 줄만은 알아요.

그러나 한 손으로 이별을 가지고 가는 날은, 또 한 손으로 죽음을 가지고 와요

달을 보며

달은 밝고 당신이 하도 그리웠습니다.

자던 옷을 고쳐 입고 뜰에 나와 퍼지르고 앉아서, 달을 한참 보았습니다.

달은 차차차 당신의 얼굴이 되더니 넓은 이마, 둥근 코, 아름다운 수염이 역력히 보입니다.

간 해에는 당신의 얼굴이 달로 보이더니, 오늘 밤에는 달이 당신의 얼굴이 됩니다.

당신의 얼굴이 달이기에, 나의 얼굴도 달이 되었습니다.

나의 얼굴은 그믐달이 된 줄을 당신이 아십니까.

아아, 당신의 얼굴이 달이기에, 나의 얼굴도 달이 되었습니다.

인과율因果律

당신은 옛 맹서盟誓를 깨치고 가십니다.

당신의 맹세는 얼마나 참되었습니까. 그 맹세를 깨치고 가는 이별
은 믿을 수가 없습니다.

참 맹서를 깨치고 가는 이별은 옛 맹서로 돌아올 줄을 압니다.
그것은 엄숙한 인과율입니다.

나는 당신과 떠날 때에 입 맞춘 입술이 마르기 전에, 당신이 돌아
와서 다시 입 맞추기를 기다립니다.

그러나 당신의 가시는 것은 옛 맹서를 깨치려는 고의가 아닌 줄을
나는 압니다.

비겨 당신이 지금의 이별을 영원히 깨치지 않는다 하여도, 당신의
최후의 접촉을 받은 나의 입술을, 다른 남자의 입술에 대일 수는
없습니다.

떠날 때의 님의 얼굴

꽃은 떨어지는 향기가 아름답습니다.
해는 지는 빛이 곱습니다.
노래는 목맺힌 가락이 묘합니다.
님은 떠날 때의 얼굴이 더욱 어여쁩니다.

떠나신 뒤에 나의 환상의 눈에 비치는 님의 얼굴은 눈물이 없는 눈으로는, 바로 볼 수가 없을 만치 어여쁠 것입니다.
님의 떠날 때의 어여쁜 얼굴을 나의 눈에 새기겠습니다.
님의 얼굴은 나를 울리기에는 너무도 야속한 듯하지마는, 님을 사랑하기 위하여는 나의 마음을 즐겁게 할 수가 없습니다.
만일 그 어여쁜 얼굴이 영원한 나의 눈을 떠난다면, 그때의 슬픔은 우는 것보다도 아프겠습니다.

나의 꿈

　당신이 맑은 새벽에 나무 그늘 사이에서 산보할 때에, 나의 꿈은 작은 별이 되어서 당신의 머리 위에 지키고 있겠습니다.

　당신이 여름날에 더위를 못 이기어 낮잠을 자거든, 나의 꿈은 맑은 바람이 되어서, 당신의 주위에 떠돌겠습니다.

　당신이 고요한 가을밤에 그윽히 앉아서 글을 볼 때에, 나의 꿈은 귀뚜라미가 되어서 책상 밑에서 '귀뚤귀뚤' 울겠습니다.

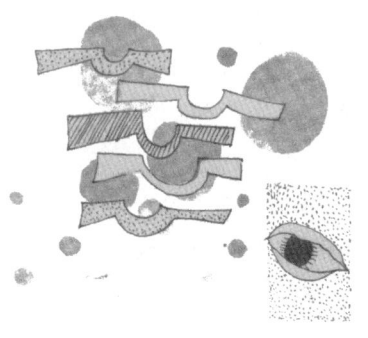

눈물

내가 본 사람 가운데는, 눈물을 진주라고 하는 사람처럼 미친 사람은 없습니다.

그 사람은 피를 홍보석이라고 하는 사람보다도, 더 미친 사람입니다.

그것은 연애에 실패하고 흑암의 기로에서 헤매는 늙은 처녀가 아니면, 신경이 기형적으로 된 시인의 말입니다.

만일 눈물이 진주라면, 나는 님이 신물信物로 주신 반지를 내놓고는 세상의 진주라는 진주는 다 티끌 속에 묻어버리겠습니다.

나는 눈물로 장식한 옥패를 보지 못하였습니다.

나는 평화의 잔치에 눈물의 술을 마시는 것을 보지 못하였습니다.

내가 본 사람 가운데는 눈물을 진주라고 하는 사람처럼 어리석은 사람은 없습니다.

아니여요. 님의 주신 눈물은 진주 눈물이여요

나는 나의 그림자가 나의 몸을 떠날 때까지, 님을 위하여 진주 눈물을 흘리겠습니다.

아아, 나는 날마다 날마다 눈물의 선경仙境에서 한숨의 옥적玉笛을 듣습니다.

나의 눈물은 백천百千 줄기라도 방울방울이 창조입니다.

눈물의 구슬이여, 한숨의 봄바람이여, 사랑의 성전을 장엄하는 무등등의 보물이여.

아아, 언제나 공간과 시간을 눈물로 채워서 사랑의 세계를 완성할까요.

두견새

두견새는 실컷 운다.
울다가 못다 울면
피를 흘려 운다.

이별한 한이야 너뿐이랴마는
울래야 울지도 못하는 나는
두견새 못된 한을, 또다시 어찌하리.

야속한 두견새는
돌아갈 곳도 없는 나를 보고도
'不如歸불여귀 不如歸불여귀'

최초의 님

맨 처음에 만남 님과 님은 누구이며, 어느 때인가요.

맨 처음에 이별한 님과 님은 누구이며, 어느 때인가요.

맨 처음 만난 님과 님이 맨 처음으로 이별하였습니까. 다른 님과 님이 맨 처음으로 이별하였습니까.

나는 맨 처음에 만난 님과 님이 맨 처음으로 이별한 줄로 압니다.

만나고 이별이 없는 것은, 님이 아니라 나입니다.

이별하고 만나지 않는 것은, 님이 아니라 길 가는 사람입니다.

우리들은 님에 대하여 만날 때에 이별을 염려하고, 이별할 때에 만남을 기약합니다.

그것은 맨 처음에 만난 님과, 님이 다시 이별한 유전성遺傳性의 흔적입니다.

그러므로 만나지 않는 것도 님이 아니요, 이별이 없는 것도 님이 아닙니다.

님은 만날 때에 웃음을 주고 떠날 때에 눈물을 줍니다.

만날 때의 웃음보다 떠날 때의 눈물이 좋고, 떠날 때의 눈물보다, 다시 만나는 웃음이 좋습니다.

아아, 님이여, 우리의 다시 만나는 웃음은, 어느 때에 있습니까.

우는 때

꽃핀 아침, 달 밝은 저녁, 비 오는 밤, 그때가 가장 님 그리운 때라고 남들은 말합니다.

나도 같은 고요한 때로는, 그때에 많이 울었습니다.

그러나 나는 여러 사람이 모여서 말하고 노는 때에, 더 울게 됩니다.

님 있는 여러 사람들은 나를 위로하여 좋은 말을 합니다마는, 나는 그들의 위로하는 말을 조소로 듣습니다.

그때에는 울음을 삼겨서 눈물을 속으로 창자를 향하여 흘립니다.

당신이 가신 때

당신이 가실 때에, 나는 다른 시골에 병들어 누워서 이별의 키스도 못 하였습니다.

그때는 가을바람이 처음으로 나서, 단풍이 한 가지에 두서너 잎이 붉었습니다.

나는 영원의 시간에서 당신 가신 때를 끊어내겠습니다. 그러면 시간은 두 토막이 납니다.

시간의 한끝은 당신이 가지고, 다른 한 끝은 내가 가졌다가 당신의 손과 나의 손이 마주 잡을 때에, 가만히 이어놓겠습니다.

그러면 붓대를 잡고 남의 불행한 일만을 쓰려고 기다리는 사람들도, 당신의 가신 때는 쓰지 못할 것입니다.

나는 영원의 시간에서, 당신 가신 때를 끊어내겠습니다.

수繡의 비밀

나는 당신의 옷을 다 지어 놓았습니다.
심의도 짓고, 도포도 짓고, 자리옷도 지었습니다.
짓지 아니한 것은 작은 주머니의 수놓는 것뿐입니다.

그 주머니는 나의 손때가 많이 묻었습니다.
짓다가 놓아두고, 짓다가 놓아두고 한 까닭입니다.
다른 사람들은 나의 바느질 솜씨가 없는 줄로 알지마는, 그러한
비밀은 나밖에 아는 사람이 없습니다.
나는 마음이 아프고 쓰린 때에 주머니에 수를 놓으려면, 나의
마음은 수놓는 금실을 따라서 바늘구멍으로 들어가고, 주머니 속에
서 맑은 노래가 나와서 나의 마음이 됩니다.
그리고 아직 이 세상에는 그 주머니에 넣을 만한, 무슨 보물이
없습니다.

이 작은 주머니는 짓기 싫어서 짓지 못하는 것이 아니라, 짓고
싶어서 다 짓지 않는 것입니다.

사랑의 끝판

네 네, 가요, 지금 곧 가요.

에그, 등불을 켜려다가 초를 거꾸로 꽂았습니다그려. 저를 어쩌나 저 사람들이 흉보겠네.

님이여, 나는 이렇게 바쁩니다. 님은 나를 게으르다고 꾸짖습니다. 에그, 저것 좀 보아, '바쁜 것이 게으른 것이다' 하시네.

내가 님의 꾸지람을 듣기로 무엇이 싫겠습니까. 다만 님의 거문고 줄이 완급을 잃을까 저어합니다.

님이여, 하늘도 없는 바다를 거쳐서 느릅나무 그늘을 지워 버리는 것은, 달빛이 아니라 새는 빛입니다.

홰를 탄 닭은 날개를 움직입니다.

마구에 매인 말은 굽을 칩니다.

네 네, 가요. 이제 곧 가요.

사랑의 존재

사랑을 사랑이라고 하면, 벌써 사랑이 아닙니다.
사랑을 이름지을 만한 말이나 글이 어디 있습니까.
미소에 눌려서 괴로운 듯한 장미빛 입술인들, 그것을
스칠 수가 있습니까.
눈물의 뒤에 숨어서 슬픔의 흑암면黑闇面을 반사하는
가을 물결의 눈인들 그것을 비칠 수가 있습니까.
그림자 없는 구름을 거쳐서, 메아리 없는 절벽을 거쳐서,
마음이 갈 수 없는 바다를 거쳐서 존재? 존재입니다.

그 나라는 국경이 없습니다. 수명은 시간이 아닙니다.
사랑의 존재는 님의 눈과 님의 마음도 알지 못합니다.

사랑의 비밀은 다만 님의 수건에 수놓은 바늘과,
님의 심으신 꽃나무와, 님의 잠과, 시인의 상상과,
그들만이 입니다.

성탄聖誕

부처님의 나심은
온 누리의 빛이요
뭇 삶의 목숨이라.
빛에 있어서 밖外이 없고
목숨은 때時를 넘느니.
이곳과 저 땅에
밝고 어둠이 없고
너와 나에
살고 죽음이 없어라.
거룩한 부처님
나신 날이 왔도다.
향을 태워 받들고
기旗를 들어 외치세.
꽃머리와 풀 위에
부처님 계셔라.
공경하여 공양하니
산 높고 물 푸르더라.

'사랑'을 사랑하여요

당신의 얼굴은 봄 하늘의 고요한 별이어요.

그러나 찢어진 구름 사이로 돋아오는 반달 같은 얼굴이 없는 것이 아닙니다.

만일 어여쁜 얼굴만을 사랑한다면, 왜 나의 베갯모에 달을 수놓지 않고 별을 수놓아요.

당신의 마음은 티 없는 숫옥玉이어요. 그러나 곱기도, 밝기도, 굳기도 보석 같은 마음이 없는 것이 아닙니다.

만일 아름다운 마음만을 사랑한다면, 왜 나의 반지를 보석으로 아니 하고 옥으로 만들어요.

당신의 시는 봄비에 새로 눈 뜨는 금결 같은 버들이어요.

그러나 기름 같은 검은 바다에 피어오르는 백합꽃 같은 시가 없는 것이 아닙니다.

만일 좋은 문장만을 사랑한다면, 왜 내가 꽃을 노래하지 않고 버들을 찬미하여요.

온 세상 사람이 나를 사랑하지 아니할 때에, 당신만이 나를 사랑하였습니다.

나는 당신을 사랑하여요 나는 당신의 '사랑'을 사랑하여요

오셔요

　오셔요 당신은 오실 때가 되었어요 어서 오셔요.

　당신은 당신의 오실 때가 언제인지 아십니까. 당신의 오실 때는 나의 기다리는 때입니다.

　당신은 나의 꽃밭에로 오셔요 나의 꽃밭에는 꽃들이 피어 있습니다.

　만일 당신을 좇아오는 사람이 있으면, 당신은 꽃 속으로 들어가서 숨으십시오

　나는 나비가 되어서 숨은 꽃 위에 가서 앉겠습니다.

　그러면 좇아오는 사람이 당신을 찾을 수는 없습니다.

　오셔요 당신은 오실 때가 되었습니다. 어서 오셔요.

　당신은 나의 품에로 오셔요 나의 품에는 보드라운 가슴이 있습니다.

　만일 당신을 좇아오는 사람이 있으면, 당신은 머리를 숙여서 나의 가슴에 대십시오.

　나의 가슴은 당신이 만질 때에는 물같이 보드랍지마는, 당신의 위험을 위하여는 황금의 칼도 되고 강철의 방패도 됩니다.

나의 가슴은 말굽에 밟힌 낙화가 될지언정 당신의 머리가 나의 가슴에서 떨어질 수는 없습니다.

그러면 쫓아오는 사람이 당신에게 손을 댈 수는 없습니다.

오셔요. 당신은 오실 때가 되었습니다. 어서 오셔요.

당신은 나의 죽음 속으로 오셔요. 죽음은 당신을 위하여 준비가 언제든지 되어 있습니다.

만일 당신을 쫓아오는 사람이 있으면, 당신은 나의 죽음의 뒤에 서십시오.

죽음은 허무와 만능이 하나입니다.

죽음은 사랑은 무한인 동시에 무궁입니다.

죽음의 앞에는 군함과 포대가 티끌이 됩니다.

죽음의 앞에는 강자와 약자가 벗이 됩니다.

그러면 쫓아오는 사람이 당신을 잡을 수는 없습니다.

오셔요. 당신은 오실 때가 되었습니다. 어서 오셔요.

요술

　가을 홍수가 작은 시내의 쌓인 낙엽을 휩쓸어 가듯이, 당신은
나의 환락의 마음을 빼앗아 갔습니다.
　나에게 남은 마음은 고통뿐입니다.
　그러나 나는 당신을 원망할 수는 없습니다. 당신이 가기 전에는
나의 고통의 마음을 빼앗아 간 까닭입니다.
　만일 당신이 환락의 마음과 고통의 마음을 동시에 빼앗아간다
하면, 나에게는 아무 마음도 없겠습니다.

　나는 하늘의 별이 되어서 구름의 면사面紗로 낯을 가리고 숨어
있겠습니다.
　나는 바다의 진주가 되었다가 당신의 구두에 단추가 되겠습니다.
　당신이 만일 별과 진주를 따서 게다가 마음을 넣어 다시 당신의
님을 만든다면, 그때에는 환락의 마음을 넣어주셔요.
　부득히 고통의 마음도 넣어야 하겠거든, 당신의 고통을 빼어다가
넣어주세요.
　그리고 마음을 빼앗아 가는 요술은 나에게는 가르쳐 주지 마셔요.
　그러면 지금의 이별이 사랑의 최후는 아닙니다.

명상

아득한 명상의 작은 배는 가이 없이 출렁거리는 달빛의 물결에 표류되어, 멀고 먼 별나라를 넘고 또 넘어서 이름도 모르는 나라에 이르렀습니다

이 나라에는 어린 아기의 미소와 봄 아침과 바다 소리가 합하여 사람이 되었습니다

이 나라 사람은 옥새의 귀한 줄도 모르고 황금을 밟고 다니고 미인의 청춘을 사랑할 줄도 모릅니다

이 나라 사람은 웃음을 좋아하고 푸른 하늘을 좋아합니다

명상의 배를 이 나라의 궁전에 매었더니, 이 나라 사람들은 나의 손을 잡고 같이 살자고 합니다

그러나 나는 님이 오시면 그의 가슴에 천국을 꾸미려고 돌아왔습니다

달빛의 물결은 흰 구슬을 머리에 이고 춤추는 어린 풀의 장단을 맞추어 우쭐거립니다

거문고 탈 때

달 아래에서 거문고를 타기는 근심을 잊을까 함이러니, 처음 곡조가 끝나기 전에 눈물이 앞을 가려서 밤은 바다가 되고, 거문고 줄은 무지개가 됩니다.

거문고 소리가 높았다가 가늘고 가늘다가 높을 때에, 당신은 거문고 줄에서 그네를 뜁니다.

마지막 소리가 바람을 따라서 느티나무 그늘로 사라질 때에, 당신은 나를 힘없이 보면서 아득한 눈을 감습니다.

아아, 당신은 사라지는 거문고 소리를 따라서, 아득한 눈을 감습니다

꽃싸움

당신은 두견화를 심으실 때에 '꽃이 피거든 꽃싸움 하자'고 나에게 말하였습니다.

꽃은 피어서 시들어 가는데, 당신은 옛 맹세를 잊으시고 아니 오십니까.

나는 한 손에 붉은 꽃수염을 가지고, 한 손에는 흰 꽃수염을 가지고 꽃싸움을 하여서 이기는 것은, 당신이라 하고 지는 것은, 내가 됩니다.

그러나 정말로 당신을 만나서 꽃싸움을 하게 되면, 나는 붉은 꽃수염을 가지고, 당신은 흰 꽃수염을 가지게 합니다.

그러면 당신은 나에게 빈번히 지십니다.

그것은 내가 이기기를 좋아하는 것이 아니라, 당신이 나에게 지기를 기뻐하는 까닭입니다.

번번히 이긴 나는 당신에게 우승의 상을 달라고 조르겠습니다.

그러면 당신은 방긋이 웃으며, 나의 뺨에 입 맞추겠습니다.

꽃은 피어서 시들어가는데, 당신은 옛 맹세를 잊으시고 아니 오십니까.

고대苦待

당신은 나로 하여금 날마다 날마다, 당신을 기다리게 합니다.

해가 저물어 산그림자가 촌집을 덮을 때에, 나는 기약 없는 기대를 가지고 마을 숲밖에 가서 기다리고 있습니다.

소를 몰고 오는 아해들의 풀잎피리는 제 소리에 목맺힙니다.

먼 나무로 돌아가는 새들은 저녁연기에 헤엄칩니다.

숲은 바람과의 유희를 그치고 잠잠히 섰습니다. 그것은 나에게 동정하는 표상입니다.

시내를 따라 굽이친 모랫길이 어둠의 품에 안겨서 잠들 때에, 나는 고요하고 아득한 하늘에 긴 한숨의 사라진 자취를 남기고 게으른 걸음으로 돌아옵니다.

당신은 나로 하여금 날마다 날마다, 당신을 기다리게 합니다.

어둠의 입이 황혼의 엷은 빛을 삼킬 때에, 나는 시름없이 문밖에 서서 당신을 기다립니다.

다시 오는 별들은 고운 눈으로 반가운 표정을 빛내면서 머리를 조아 다투어 인사합니다.

풀 사이의 벌레들은 이상한 노래로 백주白晝의 모든 생명의 전쟁을 쉬게 하는 평화의 밤을 공양합니다.

네모진 작은 못의 연잎 위에 발자취 소리를 내는 실없는 바람이, 나를 조롱할 때에, 나는 아득한 생각이 날카로운 원망으로 화합니다.

당신은 나로 하여금 날마다 날마다 당신을 기다리게 합니다.

일정한 보조로 걸어가는 사정없는 시간이, 모든 희망을 채찍질하여 밤과 함께 몰아갈 때에, 나는 쓸쓸한 잠자리에 누워서 당신을 기다립니다.

가슴 가운데의 저기압은 인생의 해안에 폭풍우를 지어서 삼천 세계는 유실되었습니다.

벗을 잃고 견디지 못하는 가엾은 잔나비는 정情의 삼림森林에서 저의 숨에 질식되었습니다.

우주와 인생의 근본 문제를 해결하는 대철학은 눈물의 삼매에 입정入定되었습니다.

나의 '기다림'은 나를 찾다가 못 찾고, 저의 자신까지 잃어버렸습니다.

생의 예술

모든 곁에 쉬어지는 한숨은 봄바람이 되어서, 여윈 얼굴을 비치는 거울에 이슬꽃을 핍니다.

나의 주위에 화기和氣라고는 한숨의 봄바람밖에는 아무것도 없습니다.

하염없이 흐르는 눈물은 수정이 되어서, 깨끗한 슬픔의 성경聖境을 비칩니다.

나는 눈물의 수정이 아니면, 이 세상에 보물이라고는 하나도 없습니다.

한숨의 봄바람과 눈물의 수정은, 떠난 님을 그리워하는 정情의 추수秋收입니다.

저리고 쓰린 슬픔은 힘이 되고 열熱이 되어서, 어린 양羊과 같은 작은 목숨을 살아 움직이게 합니다.

님이 주시는 한숨과 눈물은 아름다운 생의 예술입니다.

당신의 마음

나는 당신의 눈썹이 검고 귀가 가름한 것도 보았습니다.
그러나 당신의 마음을 보지 못하였습니다.
당신이 사과를 따서 나를 주려고, 크고 붉은 사과를 따로 쌀 때에
당신의 마음이 그 사과 속으로 들어가는 것을 분명히 보았습니다.

나는 당신의 둥근 배와 잔나비 같은 허리를 보았습니다.
그러나 당신의 마음을 보지 못하였습니다.
당신이 나의 사진과 어떤 여자의 사진을 같이 들고 볼 때에
　당신의 마음이 두 사진의 사이에서 초록빛이 되는 것을, 분명히
보았습니다.

나는 당신의 발톱이 희고 발꿈치가 둥근 것도 보았습니다.
그러나 당신의 마음을 보지 못하였습니다.
당신이 떠나시려고 나의 큰 보석 반지를 주머니에 넣으실 때에
당신의 마음이 보석 반지 너머로 얼굴을 가리고 숨는 것을 분명히
보았습니다.

여름밤이 길어요

　당신이 계실 때에는 겨울밤이 짧더니, 당신이 가신 뒤에는 여름밤이 길어요.
　책력의 내용이 그릇되었나 하였더니, 개똥불이 흐르고 벌레가 웁니다.
　긴 밤은 어디서 오고 어디로 가는 줄을 분명히 알았습니다.
　긴 밤은 근심 바다의 첫 물결에서 나와서 슬픈 음악이 되고, 아득한 사막이 되더니 필경 절망의 성 너머로 가서 악마의 웃음 속으로 들어갑니다.

　그러나 당신이 오시면, 나는 사랑의 칼을 가지고 긴 밤을 베어서 일천 토막을 내겠습니다.
　당신이 계실 때에는 겨울밤이 짧더니, 당신이 가신 뒤에는 여름밤이 길어요.

쾌락

님이여, 당신은 나를 당신 계신 때처럼 잘 있는 줄로 아십니까.
그러면 당신은, 나를 아신다고 할 수가 없습니다.

당신이 나를 두고 멀리 가신 뒤로는, 나는 기쁨이라고는 달도
없는 가을 하늘에 외기러기의 발자취만큼도 없습니다.

거울을 볼 때에 절로 오던 웃음도 오지 않습니다.
꽃나무를 심고 물 주고 북돋우던 일도 아니 합니다.
고요한 달그림자가 소리 없이 걸어와서 엷은 창에 소곤거리는
소리도 듣기 싫습니다.
가물고 더운 여름 하늘에 소낙비가 지나간 뒤에, 산모롱이의 작은
숲에서 나는 서늘한 맛도 달지 않습니다.
동무도 없고 노리개도 없습니다.

나는 당신이 가신 뒤에, 이 세상에서 얻기 어려운 쾌락이 있습니
다.
그것은 다른 것이 아니라, 이따금 실컷 우는 것입니다.

독자에게

독자여, 나는 시인詩人으로 여러분의 앞에 보이는 것을 부끄러워합니다.

여러분이 나의 시를 읽을 때에, 나를 슬퍼하고 스스로 슬퍼할 줄을 압니다.

나는 나의 시를, 독자의 자손에게까지 읽히고 싶은 마음은 없습니다.

그때에는 나의 시를 읽는 것이 늦은 봄의 꽃수풀에 앉아서, 마른 국화國花를 비벼서 코에 대는 것과 같을는지 모르겠습니다.

밤은 얼마나 되었는지 모르겠습니다.

설악산의 무거운 그림자는 엷어갑니다.

새벽종을 기다리면서 붓을 던집니다.

진달래꽃

김소월 (1902~1934)

1902년 평북 정주군 곽산면 남산리에서 출생. 향리 독서당에서 한문 수학을 받다가 오산학교 중학부에 입학하여 안서 김억에게 배움. 21세 때 배재고등학교 5학년에 편입하여 왕성한 창작활동을 함. 배재고등학교 (7회)를 졸업한 후 일본 동경으로 건너가 체류하다가 광동 대지진으로 고향에 돌아와 조부가 경영하고 있는 광산 일을 돕다가, [동아일보] 지국을 운영하기도 했다. 1934년 12월24일 33세의 짧은 나이로 처가의 고향에서 세상을 떠남.

金素月　金素月　金素月　金素月

金素月　金素月　金素月　金素月

金素月　金素月　金素月　金素月

金素月　金素月　金素月　金素月

金素月　金素月　金素月　金素月

金素月　金素月　金素月　金素月

金素月　金素月　金素月　金素月

金素月　金素月　金素月　金素月

진달래꽃

나 보기가 역겨워
가실 때에는
말없이 고이 보내 드리우리다.

영변寧邊에 약산藥山
진달래꽃
아름 따다 가실 길에 뿌리우리다.

가시는 걸음걸음
놓인 그 꽃을
사뿐히 즈려밟고 가시옵소서.

나 보기가 역겨워
가실 때에는
죽어도 아니 눈물 흘리우리다.

금잔디

잔디
잔디
금잔디
심심산천深深山川에 붙는 불은
가신 임 무덤가에 금잔디
봄이 왔네, 봄빛이 왔네
버드나무 끝에도 실가지에.
봄빛이 왔네, 봄날이 왔네
심심산천에도 금잔디에.

봄비

어룰없이 지는 꽃은 가는 봄인데
어룰없이 오는 비에 봄은 울어라.
서럽다, 이 나의 가슴 속에는!
보라, 높은 구름 나무의 푸릇한 가지
그러나 해 늦으니 으스름인가.
애달피 고운 비는 그어오지만
내 몸은 꽃자리에 주저앉아 우노라.

엄마야 누나야

엄마야 누나야 강변 살자.
뜰에는 반짝이는 금모래빛,
뒷문™ 밖에는 갈잎의 노래
엄마야 누나야 강변 살자.

예전엔 미처 몰랐어요

봄가을 없이 밤마다 돋는 달도
'예전엔 미처 몰랐어요'

이렇게 사무치게 그리울 줄도
'예전엔 미처 몰랐어요'

달이 암만 밝아도 쳐다볼 줄을
'예전엔 미처 몰랐어요'

이제금 저 달이 설움인 줄은
'예전엔 미처 몰랐어요'

산유화

산에는 꽃피네
꽃이 피네
갈 봄 여름 없이
꽃이 피네

산에
산에
피는 꽃은
저만치 혼자서 피어 있네

산에서 우는 적은 새요
꽃이 좋아
산에서
사노라네

산에는 꽃지네
꽃이 지네
갈 봄 여름 없이
꽃이 지네

가는 길

그립다
말을 할까
하니 그리워

그냥 갈까
그래도
다시 더 한 번

저 산에도 까마귀, 들에 까마귀,
서산에는 해진다고
지저귑니다.

앞 강물, 뒷 강물
흐르는 물은
어서 따라오라고 따라가자고
흘러도 연달아 흐릅디다려

그리워

봄이 다 가기 전
이 꽃이 다 흩기 전
그린 님 오실까구
뜨는 해 지기 전에

엷게 흰 안개 새에
바람은 무겁거니
밤샌 달 지는 양자
어제와 그리 같이

붙일 길 없는 맘세
그린 님 언제 뵐련
우는 새 다음 소린
늘 함께 듣사오면

못 잊어

못 잊어 생각이 나겠지요,
그런대로 한세상 지내시구려.
사노라면 잊힐 날 있으리다.

못 잊어 생각이 나겠지요.
그런대로 세월만 가라시구려.
못 잊어도 더러는 잊히오리다.

그러나 또한긋 이렇지요,
그리워 살뜰히 못 잊는데,
어쩌면 생각이 떠지나요?

* 또한긋 : 또 한편

먼 후일

먼 훗날 당신이 찾으시면
그때에 내 말이 잊었노라

당신이 속으로 나무라면
무척 그리다가 잊었노라

그래도 당신이 나무라면
믿기지 않아서 잊었노라

오늘도 어제도 아니 잊고
먼 훗날 그때에 잊었노라

초혼招魂

산산히 부서진 이름이어
허공중에 헤어진 이름이어
불러도 주인 없는 이름이어
부르다가 내가 죽을 이름이어!

심중에 남아 있는 말 한마디는
끝끝내 마자 하지 못하였구나.
사랑하던 그 사람이어
사랑하던 그 사람이어!

붉은 해는 서산西山마루에 걸리었다.
사슴의 무리도 슬피 운다.
떨어져 나가 앉은 산 위에서
나는 그대의 이름을 부르노라.

설움에 겹도록 부르노라.
설움에 겹도록 부르노라.
부르는 소리는 비껴가지만
하늘과 땅 사이가 너무 넓구나.

선 채로 이 자리에 돌이 되어도
부르다가 내가 죽을 이름이어
사랑하던 그 사람이어
사랑하던 그 사람이어!

고적한 날

당신님의 편지를
받은 그날로
서러운 풍설風說이 돌았습니다.

물에 던져 달라고 하신, 그 뜻은
언제나 꿈꾸며 생각하라는
그 말씀인 줄 압니다.

흘려 쓰신 글씨나마
언문諺文 글자로
눈물이라 적어 보내셨지요.

물에 던져 달라고 하신 그 뜻은
뜨거운 눈물 방울방울 흘리며,
맘 곱게 읽어 달라는 말씀이지요.

님의 노래

그리운 우리 님의 맑은 노래는
언제나 제 가슴에 젖어 있어요.

긴 날을 문門밖에서 서서 들어도
그리운 우리 님의 고운 노래는
해지고 저물도록 귀에 들려요.
밤들고 잠들도록 귀에 들려요.

고이도 흔들리는 노래가락에
내 잠은 그만이나 깊이 들어요
고적孤寂한 잠자리에 홀로 누워도
내 잠은 포스근히 깊이 들어요.

그러나 자나 깨면 님의 노래는
하나도 남김없이 잃어버려요
들으면 듣는 대로 님의 노래는
하나도 남김없이 잊고 말아요.

님에게

한때는 많은 날을 당신 생각에
밤까지 새운 일도 없지 않지만
아직도 때마다는 당신 생각에
축업은 베갯가의 꿈은 있지만.

낯모를 딴 세상의 네 길거리에
애달피 날 저무는 갓 스물이요
캄캄한 어두운 밤 들에 헤매도
당신은 잊어버린 설움이외다.

당신을 생각하면 지금이라도
비 오는 모래밭에 오는 눈물의
축없는 베갯가의 꿈은 있지만
당신은 잊어버린 설움이외다.

불운에 우는 그대여

불운不運에 우는 그대여, 나는 아노라
무엇이 그대의 불운을 지었는지도.
부는 바람에 날려
밀물에 흘러
굳어진 그대의 가슴 속도
모다 지나간 나의 일이면
다시금 또 다시금
적황赤黃의 포말泡沫은 북고여라. 그대의 가슴 속의
암청暗靑의 이끼여, 거치른 바위
치는 물가의.

님의 말씀

세월이 물과 같이 흐른 두 달은
길어둔 독엣물도 찌었지마는
가면서 함께 가자 하던 말씀은
살아서 살을 맞는 표적이외다.

봄풀은 봄이 되면 돋아나지만
나무는 밑그루를 꺾은 셈이요
새라면 두 죽지가 상한 셈이라
내 몸에 꽃필 날은 다시 없구나.

밤마다 닭 소리라 날이 첫 시時면
당신의 넋맞이로 나가 볼 때요
그믐에 지는 달이 산에 걸리면
당신의 길신가리 차릴 때외다.

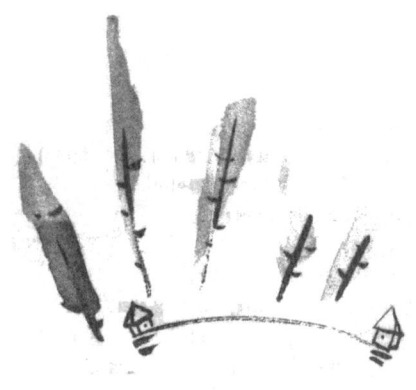

세월은 물과 같이 흘러가지만
가면서 함께 가자 하던 말씀은
당신을 아주 잊던 말씀이지만
죽기 전 또 못 잊을 말씀이외다.

황촉불

황촉불, 그저도 까맣게
스러져가는 푸른 창을 기대고
소리조차 없는 흰 밤에,
나는 혼자 거울에 얼굴을 묻고
뜻 없이 생각 없이 들여다보노라.
나는 이르노니, 우리 사람들
첫날밤은 꿈속으로 보내고
죽음은 조는 동안에 와서,
별께 좋은 일도 없이 스러지고 말어라.

해가 산마루에 저물어도

해가 산山마루에 저물어도
내게 두고는 당신 때문에 저뭅니다.

해가 산마루에 올라와도
내게 두고는 당신 때문에 밝은 아침이라고 할 것입니다.

땅이 꺼져도 하늘이 무너져도
내게 두고는 끝까지 모두 다 당신 때문에 있습니다.

다시는, 나의 이러한 맘뿐은, 때가 되면
그림자같이 당신한테로 가우리다.

오오, 나의 애인이었던, 당신이여.

자나 깨나 앉으나 서나

자나 깨나 앉으나 서나
그림자 같은 벗 하나이 내게 있었습니다.

그러나 우리는 얼마나 많은 세월을
쓸데없는 괴로움으로만 보내었겠습니까!

오늘은 또다시 당신의 가슴속, 속 모를 곳을
울면서, 나는 휘저어버리고 떠납니다그려.

허수한 맘, 둘 곳 없는 심사에 쓰라린 가슴은
그것이 사랑, 사랑이던 줄이 아니도 잊힙니다.

잊었던 맘

집을 떠나 먼 저곳에
외로이도 다니던 내 심사를!
바람 불어 봄꽃이 필 때에는
어찌타 그대는 또 왔는가.
저도 잊고 나니 저 모르던 그대
어찌하여 옛날의 꿈조차 함께 오는가.
쓸데도 없이 서럽게만 오고 가는 맘.

개여울

당신은 무슨 일로
그리합니까?
홀로히 개여울에 주저앉아서

파릇한 풀포기가
돋아 나오고
잔물은 봄바람에 해적일 때에

가도 아주 가지는
안노라시던
그러한 약속이 있었겠지요

날마다 개여울에
나와 앉아서
하염없이 무엇을 생각합니다

가도 아주 가지는
않노라심은
굳이 잊지 말라는 부탁인지요

개여울의 노래

그대가 바람으로 생겨났으면
달 돋는 개여울의 빈 들 속에서
내 옷의 앞자락을 불기나 하지.

우리가 굼벙이로 생겨났으면
비 오는 저녁 캄캄한 영嶺 기슭의
미욱한 꿈이나 꾸어를 보지.

만일에 그대가 바다 난 끝의
벼랑에 돌로나 생겨났더면
둘이 안고 굴며 떨어나지지.

만일에 나의 몸이 불귀신鬼神이면
그대의 가슴 속을 밤도와 태워
둘이 함께 재 되어 스러지지.

구름

저기 저 구름을 잡아타면
붉게도 피로 물든 저 구름을,
밤이면 새캄한 저 구름을.
잡아타고 내 몸은 저 멀리로
구만리九萬里 긴 하늘을 날아 건너
그대 잠든 품속에 안기렸더니,
애스러라, 그리는 못 한 대서
그대여, 들으라 비가 되어
저 구름이 그대한테로 나리거든,
생각하라, 밤저녁, 내 눈물을.

등불과 마주 앉았으려면

적적寂寂히
다만 밝은 등불과 마주 앉았으려면
아무 생각도 없이 그저 울고만 싶습니다,
왜 그런지야 알 사람이 없겠습니다마는.

어두운 밤에 홀로히 누웠으려면
아무 생각도 없이 그저 울고만 싶습니다.
왜 그런지야 알 사람도 없겠습니다마는,
탓을 하자면, 무엇이라 말할 수는 있겠습니다마는.

꿈으로 오는 한 사람

나이 차라지면서 가지게 되었노라
숨어 있던 한 사람이, 언제나 나의,
다시 깊은 잠 속의 꿈으로 와라.
붉으렷한 얼골에 가늣한 손가락의,
모르는 듯한 거동擧動도 전前날의 모양대로
그는 야저시 나의 팔 위에 누어라.
그러나, 그래도 그러나!
말할 아무것이 다시 없는가!
그냥 먹먹할 뿐, 그대로
그는 니러라. 닭의 홰치는 소래.
깨어서도 늘, 길거리엣 사람을
밝은 대낮에 빗보고는 하노라.

맘속의 사람

잊힐 듯이 볼 듯이 늘 보던 듯이
그립기도 그리운, 참말 그리운
이 나의 맘속에 속 모를 곳에
늘 있는 그 사람을 내가 압니다.

언제도 언제라도, 보기만 해도
다시없이 살뜰한 그 내 사람은
한두 번만 아니게 본 듯하여서
나자부터 그리운 그 사람이오.

남은 다 어림없다 이를지라도
속에 깊이 있는 것, 어찌하는가
하나 진작 낯모를, 그 내 사람은
다시없이 알뜰한, 그 내 사람은…

나는 못 잊어 하여, 못 잊어 하여
애타는 그 사랑이 눈물이 되어,
한끝 만나리 하는 내 몸을 가져
몹쓸음을 둔 사람, 그 나의 사람?

길

어제도 하룻밤
나그네 집에
까마귀 가왁가왁 울며 새었소.

오늘은
또 몇십 리
어디로 갈까.

산으로 올라갈까
들로 갈까
오라는 곳이 없어 나는 못 가오.

말 마소, 내 집도
정주 곽산定州郭山
차車 가고, 배 가는 곳이라오.

여보소, 공중에
저 기러기
공중엔 길 있어서 잘 가는가?

여보소, 공중에
저 기러기
열 십자+字 복판에 내가 섰소.

갈래갈래 갈린 길
길이라도
내게 바이 갈 길은 하나 없소.

왕십리

비가 온다.
오누나
오는 비는
올지라도 한 닷새 왔으면 좋지.

여드레 스무날엔
온다고 하고
초하루 삭망朔望이면 간다고 했지.
가도 가도 왕십리往十里 비가 오네.

웬걸, 저 새야
울려거든
왕십리 건너가서 울어나 다오.
비 맞아 나른해서 벌새가 운다.

천안天安에 삼거리 실버들도
촉촉이 젖어서 늘어졌다네.
비가 와도 한 닷새 왔으면 좋지.
구름도 산마루에 걸려서 운다.

꽃촉불 켜는 밤

꽃촉불 켜는 밤, 깊은 골방에 만나라.
아직 젊어 모를 몸, 그래도 그들은
'해 달 같이 밝은 맘, 저저마다 있노라.'
그러나 사랑은, 한두 번만 아니라, 그들은 모르고

꽃촉불 켜는 밤, 어스러한 창 아래 만나라.
아직 앞길 모를 몸, 그래도 그들은
'솔대같이 굳은 맘, 저저마다 있노라'
그러나 세상은 눈물 날 일 많아라, 그들은 모르고

맘 켱기는 날

오실 날
아니 오시는 사람
오시는 것 같게도
맘 켱기는 날!
어느덧 해도 지고, 날이 저무네

그를 꿈꾼 밤

야밤중 불빛이 발갛게
어렴풋이 보여라.

들리는 듯, 마는 듯
발자국 소래.
스러져가는 발자국 소래.

아무리 혼자 누워 몸을 뒤재도
잃어버린 잠은 다시 안 와라.

야밤중, 불빛이 발갛게
어렴풋이 보여라.

님과 벗

벗은 설움에서 반갑고
님은 사랑에서 좋아라.
딸기꽃 피여서 향기로운 때를
고초苦草의 붉은 열매 익어가는 밤을
그대여, 부르라. 나는 마시리.

몹쓸 꿈

봄 새벽의 몹쓸 꿈
깨고 나면!
우짖는 가막까치, 놀라는 소래
너희들은 눈에 무엇이 보이느냐.

봄철의 좋은 새벽, 풀 이슬 맺혔어라.
볼지어다, 세월은 도무지 편안한데
두세 없는 저 가마귀, 새들게 우짖는 저 까치야
나의 흉한 꿈 보이느냐?

고요히 또 봄바람은 봄의 빈 들을 지나가며
이윽고 동산에서는 꽃잎들이 흩어질 때
말 들어라, 애틋한 이 여자야. 사랑의 때문에는
모두 다 사나운 조짐인 듯, 가슴을 뒤노아라.

꿈꾼 그 옛날

밖에는 눈, 눈이 와라.
고요히 창 아래로는 달빛이 들어라.
어스름 타고서 오신 그 여자는
내 꿈의 품속으로 들어와 안겨라.

나의 베개는 눈물로 함빡히 젖었어라,
그만 그 여자는 가고 말았느냐.
다만 고요한 새벽, 별 그림자 하나가
창틈을 엿보아라.

잠

생각하는 머리에
누어보는 글줄에
갓겁게도 너는 늘
숨어드네 떠도네.

일곱 별의 밤하늘
번쩍이는 깁그물
내 나래를 얽으며
달이 든다 가람물.

노래한다 갈잎새
꽃이 핀다 물모래
다복할사 내 베개
네게 맡길 그 한때.

하지마는 새로이
내 눈썹에 눈물이
젖는 줄을 알고는
그만 너는 가겠지.

두루 나는 찾는다
가신 네가 행여나
다시 올까 올까고
하지마는 얼없다.

봄철이면 동틀 녘
겨울이면 초저녁
그리운 이 너 하나
외로워서 슬플 적.

밤

홀로 잠들기가 참말 외로와요
맘에는 사무치도록 그리워와요
이리도 무던히
아주 얼골조차 잊힐 듯해요.

벌서 해가 지고 어둡는대요,
이곳은 인천에 제물포濟物浦, 이름난 곳,
부슬부슬 오는 비에 밤이 더디고
바다바람이 춥기만 합니다.

다만 고요히 누워 들으면
다만 고요히 누워 들으면
하얗게 밀려드는 봄 밀물이
눈앞을 가로막고 흐느낄 뿐이야요.

후살이

홀로된 그 여자
근일에 와서는 후살이간다 하여라.
그러치 안으랴, 그 사람 떠나서
제이 십 년, 저 혼자 더 살은 오늘에 와서야…
모두 다 그럴듯은 사람 사는 일레요.

옛이야기

고요하고 어두운 밤이 오면은
어스레한 등불에 밤이 오면은
외로움에 아픔에 다만 혼자서
하염없는 눈물에 저는 웁니다

제 한 몸도 예전엔 눈물 모르고
조그마한 세상을 보냈습니다.
그때는 지난날의 옛이야기도
아무 설움 모르고 외웠습니다.

그런데 우리 님이 가신 뒤에는
아주 저를 버리고 가신 뒤에는
전날에 제게 있던, 모든 것들이
가지가지 없어지고 말았습니다.

그러나 그 한때에 외어 두었던
옛이야기뿐만은 남았습니다.
나날이 짙어가는 옛이야기는
부질없이 제 몸을 울려 줍니다.

제비

오늘 아침 먼동틀 때
강남의 더운 나라로
제비가 울며불며 떠났습니다.

잘 가라는 듯이
살살 부는 새벽의
바람이 불 때에 떠났습니다.

어미를 이별하고
떠난 고향의
하늘을 바라보던 제비이지요.

길가에서 떠도는 몸이기에
살살 부는 새벽의
바람이 부는 데로 떠났습니다.

가는 봄 삼월

가는 봄 삼월, 삼월은 삼질
강남江南 제비도 안 잊고 왔는데.
아무렴은요
설게 이때는 못 잊게, 그리워.

잊으시기야, 했으랴. 하마 어느새
님 부르는 꾀꼬리 소리.
울고 싶은 바람은 점도록 부는데
설리도 이때는
가는 봄 삼월, 삼월은 삼질.

* 점도록 : 저물도록

산 위에

산 위에 올라서서 바라다보면
가로막힌 바다를 마주 건너서
님 계시는 마을이 내 눈앞으로
꿈하늘 하늘같이 떠오릅니다.

흰 모래 모래 빗긴 선창 가에는
한가한 뱃노래가 멀리 잦으며
날 저물고 안개는 깊이 덮여서
흩어지는 물꽃뿐 안득입니다.

이윽고 밤 어둡는 물새가 울면
물결조차 하나둘 배는 떠나서
저 멀리 한바다로 아주 바다로
마치 가랑잎같이 떠나갑니다.

나는 혼자 산에서 밤을 새우고
아침 해 붉은 볕에 몸을 씻으며
귀 기울이고 솔곳이 엿듣노라면
님 계신 창 아래로 가는 물노래
흔들어 깨우치는 물노래에는
내 님이 놀라 일어 찾으신대도
내 몸은 산 위에서 그 산 위에서
고이 깊이 잠들어 다 모릅니다.

밭고랑 위에서

우리 두 사람은
키 높이 가득 자란 보리밭, 밭고랑 위에 앉았어라.
일을 필畢하고 쉬는 동안의 기쁨이여
지금 두 사람의 이야기에는 꽃이 필 때.

오오, 빛나는 태양은 내려 쪼이며
새 무리들도 즐거운 노래, 노래 불러라.
오오, 은혜여, 살아 있는 몸에는 넘치는 은혜여
모든 은근스러움이 우리의 맘속을 차지하여라.

세계의 끝은 어디? 자애慈愛의 하늘은 넓게도 덮혔는데.
우리 두 사람은 일하며, 살아 있어서,
하늘과 태양을 바라보아라, 날마다 날마다도,
새라 새롭은 환희를 지어내며, 늘 같은 땅 위에서.

다시 한번 활기 있게 웃고 나서, 우리 두 사람은
바람에 일리우는 보리밭 속으로
호미 들고 들어갔어라, 가즈란히 가즈란히,
걸어 나아가는 기쁨이여, 오오 생명의 향상이여.

비단 안개

눈들에 비단 안개 둘리울 때,
그때는 차마 잊지 못할 때러라.
만나서 울던 때도 그런 날이오,
그리워 미친 날도 그런 때러라.

눈들에 비단 안개 둘리울 때
그때는 홀 목숨은 못 할 때러라.
눈 풀리는 가지에 당치마귀로
젊은 계집 목매고 달릴 때러라.

눈들이 비단 안개에 둘리울 때
그때는 종달새 솟아 때려라.
들에랴, 바다에랴, 하늘에서랴,
아지 못할 무엇에 취할 때려라.

눈들이 비단 안개에 둘리울 때
그때는 차마 잊지 못할 때려라.
첫사랑 있던 때도 그런 날이오
영 이별 있던 날도 그런 때려라.

접동새

접동
접등
아우래비접동

진두강津頭江 가람 가에 살던 누나는
진두강 앞마을에
와서 웁니다.

옛날, 우리나라
먼 뒤쪽의
진두강 가람 가에 살던 누나는
의붓어미 시샘에 죽었습니다.

누나라고 불러보랴
오오, 불설워
시새움에 몸이 죽은 우리 누나는
죽어서 접동새가 되었습니다.

아홉이나 남아 되던 오랩동생을
죽어서도 못 잊어, 차마 못 잊어
야삼경夜三更 남 다 자는 밤이 깊으면
이 산 저 산 옮아가며 슬피 웁니다.

원앙침

바드득 이를 갈고
죽어 볼까요
창(窓)가에 아롱아롱
달이 비춘다.

눈물은 새우잠의
팔굽베개요
봄꿩은 잠이 없어
밤에 와 운다.

두동달이베개는
어디 갔는고
언제는 둘이 자던 베개머리에
'죽자 사자' 언약도 하여 보았지.

봄메의 멧기슭에
우는 접동도
내 사랑 내 사랑
조히 울것다.

두동달이베개는
어디 갔는고
창가에 아롱아롱
달이 비춘다.

눈 오는 저녁

바람 자는 이 저녁
흰 눈은 퍼붓는데
무엇 하고 계시노
같은 저녁 금년은

꿈이라도 꾸면은
잠들면 만날런가.
잊었던 그 사람은
흰 눈 타고 오시네.

저녁때, 흰 눈은 퍼부어라.

오시는 눈

땅 위에 쌔하얗게 오시는 눈
기다리는 날에는 오시는 눈
오늘도 저 안 온 날 오시는 눈
저녁 불 켤 때마다 오시는 눈.

애모愛慕

왜 아니 오시나요.
영창에는 달빛, 매화꽃이
그림자는 산란히 휘젓는데.
아아, 눈 깍 감고 요대로 잠을 들자.

저 멀리 들리는 것!
봄철의 밀물 소래
물나라의 영롱한 구중궁궐九重宮闕, 궁궐의 오요한 곳.
잠 못 드는 용녀龍女의 춤과 노래, 봄철의 밀물 소래.

어두운 가슴 속의 구석구석
환연한 거울 속에, 봄구름 잠긴 곳에
소솔비 나리며, 달무리 둘려라.
이대로록 왜 아니 오시나요, 왜 아니 오시나요.

부모

낙엽이 우수수 떨어질 때,
겨울의 기나긴 밤.
어머님하고 둘이 앉아
옛이야기 들어라.

나는 어쩌면 생겨 나와
이 이야기 듣는가?
묻지도 말아라, 내일 날에
내가 부모 되어서 알아보랴?

춘향과 이도령

평양平壤에 대동강은
우리나라에
곱기로 으뜸가는 가람이지요.

삼천리三千里 가다가다 한가운데는
우뚝한 삼각산이
솟기도 했소.

그래 옳소, 내 누님. 오오, 누이님
우리나라 섬기던 한 옛적에는
춘향春香과 이도령李道令이 살았다지요.

이편에는 함양咸陽, 저편에는 담양潭陽,
꿈에는 가끔가끔 산을 넘어
오작교烏鵲橋 찾아 찾아가기도 했소.

그래 옳소 누이님, 오오, 내 누님.
해 돋고 달 돋아 남원南原 땅에는
성춘향成春香 아가씨가 살았다지요.

무심無心

시집와서 삼 년
오는 봄은
거친 벌 난벌에 왔습니다.

거친 벌 난벌에 피는 꽃은
졌다가도 피노라 이릅디다.
소식 없이 기다린
이태 삼 년.

바로 가던 앞 강이 간 봄부터
구비 돌아 휘돌아 흐른다고
그러나 말 마소, 앞 여울의
물빛은 예대로 푸르렀소

시집와서 삼 년
어느 때나
터진 개 개여울의 여울물은
거친 벌 난벌에 흘렀습니다.

부부

오오, 안해여. 나의 사랑!
하늘이 묶어준 짝이라고
믿고 사름이 마땅치 아니한가.
아직 다시 그러랴, 안 그러랴?
이상하고 별납은 사람의 맘
저 몰라라, 참인지, 거짓인지?
정분情分으로 얽은 딴 두 몸이라면
서로 어그점인들 또 있으랴.
한평생이라도 반백년
못 사는 이 인생에!
연분緣分의 긴 실이 그 무엇이랴?
나는 말하려노라. 아무려나,
죽어서도 한 곳에 묻히더라.

사노라면 사람은 죽는 것을

하루라도 몇 번씩 내 생각은
내가 무엇 하랴고 살랴는지?
모르고 살았노라, 그럴 말로
그러나 흐르는 저 냇물이
흘러가서 바다로 든댈진댄.
일로조차 그러면, 이내 몸은
애쓴다고는 말부터 잊으리라.
사노라면 사람은 죽는 것을
그러나, 다시 내 몸,
봄빛의 불붙는 사태흙에
집 짓는 저 개아미
나도 살려 하노라, 그와 같이
사는 날 그날까지
살음에 즐거워서
사는 것이 사람의 본뜻이면
오오, 그러면 내 몸에는
다시는 애쓸 일도 더 없어라
사노라면 사람은 죽는 것을.

봄밤

실버드나무의 검으스렷한 머리결인 낡은 가지에
제비의 넓은 깃나래의 감색紺色 치마에
술집의 창 옆에, 보아라. 봄이 앉았지 않는가.

소리도 없이 바람은 불며, 울며, 한숨지워라.
아무런 줄도 없이 섧고 그리운 새캄한 봄밤
보드라운 습기는 떠돌며 땅을 덮어라.

산

산새도 오리나무
위에서 운다.
산새는 왜 우노, 시메산골
영嶺 넘어 갈라고 그래서 울지.

눈은 내리네, 와서 덮이네.
오늘도 하룻길
칠팔십 리
돌아서서 육십 리는 가기도 했소.

불귀不歸, 불귀, 다시 불귀,
삼수갑산三水甲山에, 다시 불귀.
사나이 속이라 잊으련만,
십오 년 정분을 못 잊겠네.

산에는 오는 눈, 들에는 녹는 눈.
산새도 오리나무
위에서 운다.
삼수갑산 가는 길은 고개의 길.

모란이 피기까지는

김영랑 (1903~1950)

1903년 전남 강진군 강진읍 남성리에서 5백석 지주의 장남으로 태어남. 당시 아명은 채준으로 불리어졌으며, 그의 본명은 윤식이다. 1917년 15세 때 휘문중·고에 입학하였는데, 바로 위 학년에는 월탄 박종화, 노작 홍사용이 있었고 바로 아래 학년에는 정지용, 이선근 등 훗날 한국의 문단을 꽃피운 인물들이 수두룩했다. 3·1운동이 일어나자, 종로 네거리에서 독립 만세를 부르다가 체포되어 심한 고문을 받았다. 그 후 일본 동경 청산학원에 입학하여 혁명가이며 무정부주의자인 박열과 같은 하숙방에서 하숙하는가 하면 평생의 지우인 박용철과 친교를 맺어 시작 활동에 몰두하는 기회를 갖게 되었다. 1949년 공보처 출판국장으로 취임, 1950년 6·25 동란이 발발하자 서울 장충동 친척 집에 은신해 있다가 포탄 파편으로 중상을 입고 47세의 나이로 타계했다.

金永郎　金永郎　金永郎　金永郎

金永郎　金永郎　金永郎　金永郎

金永郎　金永郎　金永郎　金永郎

金永郎　金永郎　金永郎　金永郎

金永郎　金永郎　金永郎　金永郎

金永郎　金永郎　金永郎　金永郎

金永郎　金永郎　金永郎　金永郎

金永郎　金永郎　金永郎　金永郎

모란이 피기까지는

모란이 피기까지는
나는 아직 나의 봄을 기다리고 있을테요.
모란이 뚝뚝 떨어져 버린 날
나는 비로소 봄을 여읜 설움에 잠길 테요.
오월 어느 날, 그 하루 무덥던 날
떨어져 누운 꽃잎마저 시들어버리고는
천지에 모란은 자취도 없어지고
뻗쳐 오르던 내 보람 서운케 무너졌느니
모란이 지고 말면 그뿐, 내 한해는 다 가고 말아
삼백예순날 하냥 섭섭해 우옵네다.
모란이 피기까지는
나는 아직 기다리고 있을테요.
찬란한 슬픔의 봄을.

내 마음 고요히 고운 봄 길 위에

돌담에 속삭이는 햇발같이
풀 아래 웃음 짓는 샘물같이
내 마음 고요히 고운 봄 길 위에
오늘 하루 하늘을 우러르고 싶다.

새악시 볼에 떠오는 부끄럼같이
시의 가슴에 살포시 젖는 물결같이
보드레한 에메랄드 얇게 흐르는
실비단 하늘을 바라보고 싶다.

동백잎에 빛나는 마음

내 마음의 어딘 듯, 한편에 끝없는
강물이 흐르네.
도처오르는 아침 날 빛이 빤질한
은결을 도도네.
가슴엔 듯, 눈엔 듯, 또 피ㅅ줄엔 듯
마음이 도른도른 숨어 있는 곳
내 마음의 어딘 듯, 한편에 끝없는
강물이 흐르네.

언덕에 바로 누워

언덕에 바로 누워
아슬한 푸른 하늘 뜻 없이 바래다가
나는 잊었습네, 눈물 도는 노래를
그 하늘 아슬하여, 너무도 아슬하여.

이 몸이 서러운 줄 언덕이야 아시련만
마음의 가는 웃음 한때라도 없더라냐
아슬한 하늘 아래 귀여운 맘 질기운 맘
내 눈은 감이였데, 감기였데.

누이의 마음아 나를 보아라

‘오매 단풍 들것네.’
장광에 골붉은 감잎 날러오아
누이는 놀란 듯이 치어다보며
‘오매 단풍 들것네.’

추석이 내일모레 기둘리니
바람이 자지어서 걱정이리
누이의 마음아, 나를 보아라
‘오매 단풍 들것네.’

쓸쓸한 뫼 앞에

쓸쓸한 뫼 앞에 후젓이 앉으면
마음은 갈앉은 양금줄 같이
무덤의 잔디에 얼골을 부비면
넋이는 향 맑은 구슬손 같이
산골로 가노라, 산골로 가노라
무덤이 그리워, 산골로 가노라

눈물에 실려 가면

눈물에 실려 가면 산길로 칠십 리
돌아보니 찬바람 무덤에 몰리네
서울이 천리로다 멀기도 하련만
눈물에 실려 가면, 한 걸음 한 걸음

뱃장 위에 부은 발 쉬일까보다
달빛으로 눈물을 말릴까보다
고요한 바다 위로 노래가 떠간다
설움도 부끄러워, 노래가 노래가.

꿈밭에 봄마음

구비진 돌담을 돌아서 돌아서
달이 흐른다, 놀이 흐른다.
하이얀 그림자
은실을 즈르르 몰아서
꿈밭에 봄마음 가고 가고, 또 간다.

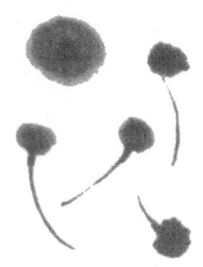

달맞이

빛갈 환희
동창東窓에 떠오름을 기두리신가.
아흐레 어린 달이
부름도 없이 홀로 났소.
월출月出 동령東嶺
팔도사람 마지하오.
기척 없이 따르는 마음
그대나 고히 싸안어주오.

제야除夜

제운밤 촛불이 찌르르 녹아 버린다.
못 견디게 무더운, 어느 별이 떨어지는가.

어둑한 골목골목에 수심은 떴다, 갈앉았다.
제운밤 이 한밤이 모질기도 하온가.

희뿌연 종이 등불 수줍은 걸음걸이
샘물 정히 떠 붓는 안쓰러운 마음결

한해라 기리운 정을 모으고 쌓아, 흰 그릇에
그대는 이 밤이라 맑으라 비사이다.

내 옛날 온 꿈이

내 옛날 온 꿈이 모조리 실리어 간
하늘갓 닿는 데 기쁨이 사신가.

고요히 사라지는 구름을 바래자
헛되나 마음 가는 그곳뿐이라.

눈물을 삼키며 기쁨을 찾노란다.
허공은 저리도 한없이 푸르름을

엎디어 눈물로 땅 위에 새기자
하늘갓 닿는 데 기쁨이 사신다.

내 마음을 아실 이

내 마음을 아실 이
내 혼자 마음 날 같이 아실 이
그래도 어데나 계실 것이면.

내 마음에 때때로 어리우는 티끌과
속임 없는 눈물의 간곡한 방울방울
푸른 밤 고이 맺는 이슬 같은 보람을
보낸 듯 감추었다 내어드리지.

아! 그립다.
내 혼자 마음 날 같이 아실 이
꿈에나 아득히 보이는가.

향 맑은 옥돌에 불이 달어
사랑은 타기도 하오련만
불빛에 연긴 듯 희미론 마음은
사랑도 모르리 내 혼자 마음은.

그대는 호령도 하실 만하다

창랑에 잠방거리는 흰 물새러냐
그대는 탈도 없이 태연스럽다.

마을 휩쓸고 목숨 앗아간
간밤 풍랑도 가소롭구나.

아침 날빛에 돛 높이 달고
청산아, 보란 듯 떠나가는 배

바람은 차고 물결은 치고
그대는 호령도 하실 만하다.

가늘한 내음

내 가슴속에 가늘한 내음
애끈히 떠도는 내음
저녁 해 고요히 지는 제
먼 산허리에 슬리는 보랏빛

오! 그 수심 뜬 보랏빛
내가 잃은 마음의 그림자
한 이틀 정열에 정열에 뚝뚝 떨어진 모란의
깃든 향취가 이 가슴 놓고 갔을 줄이야.

얼결에 여흰 봄 흐르는 마음
헛되이 찾으려 허덕이는 날
뻘 위에 처얼석 갯물이 놓이듯
얼컥 니이는 훗근한 내음

아! 훗근한 내음 내키다 마아는
서어한 가슴에 그늘이 도오나니
수심 뜨고 애끈하고 고요하기
산허리에 슬리는 저녁 보랏빛.

시냇물 소리

바람 따라 가지오고 멀어지는 물소리
아주 바람같이 쉬는 적도 있었으면
흐름도 가득찰랑 흐르다가
더러는 그림같이 머물렀다 흘러보지
밤도 산골 쓸쓸하이, 이 한밤 쉬여가지
어느 뉘 꿈에 든 셈 소리 없든 못할소냐.

새벽 잠결에 언듯 들리여
내 무거운 머리 선듯 씻기우느니
황금 소반에 구슬이 굴렀다
오, 그립고 향미른 소리야
물아, 거기 좀 멈췄으라. 나는 그윽히
저 창공의 은하銀河 만년을 헤아려 보노니.

물 보면 흐르고

물 보면 흐르고
별 보면 또렷한
마음이 어이면 늙으뇨.

흰날에 한숨만
끝없이 떠돌던
시절이 가엾고 멀어라.

안스런 눈물에 안겨
흩은 잎 쌓인 곳에 빗방울 드듯
느낌은 후줄근히 흘러 들어가건만.

그 밤을 홀로 앉으면
무심코 야윈 볼도 만져 보느니
시들고 못 피인 꽃 어서 떨어지거라.

아파 누워

아파 누워 혼자 비노라
이대로 다진 못하느냐

비는 마음 그래도 거짓 있나
살잔 욕심 찾아도 보나
새삼스레 있을 리 없다
힘없고 느릿한 핏줄 하나

오! 그저 이슬같이
예사 고요히 지려무나
저기 은행잎은 떠날은다.

마당 앞 맑은 새암을

마당 앞
맑은 새암을 들여다본다.

저 깊은 땅 밑에
사로잡힌 넋 있어
언제나 먼 하늘만
내려다보고 계심 같아

별이 총총한
맑은 새암을 들여다본다.

저 깊은 땅속에
편히 누운 넋 있어
이 밤, 그 눈 반짝이고
그의 겉몸 부르심 같아

마당 앞
맑은 새암은 내 영혼의 얼굴

황홀한 달빛

황홀한 달빛
바다는 은銀장
천지는 꿈인 양
이리 고요하다

부르면 내려올 듯
정든 달은
맑고 은은한 노래
울려날 듯

저 은장 위에
떨어진단들
달이야 설마
깨어질라고

떨어져 보라
저 달 어서 떨어져라
그 혼란스럼
아름다운 천둥 지둥

호젓한 삼경
산 위에 홀히
꿈꾸는 바다
깨울 수 없다.

* 지둥 : 지동(地動)의 변한 말. −지둥 치듯 : 태풍·포성 등으로 요란스럽게 일어나는
소리를 강조하는 말.

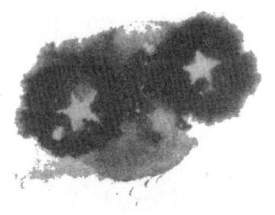

거문고

검은벽에 기대선 채로
해가 스무 번 바뀌었는데
내 기린麒麟은 영영 울지를 못한다.

그 가슴을 통 흔들고 간 노인의 손
지금 어느 끝없는 향연饗宴에 높이 앉았으려니
땅 위의 외론 기린이야, 하마 잊어졌을라.

바깥은 거친 들 이리떼만 몰려다니고
사람인 양 꾸민 잔나비 떼들 쏘다니어
내 기린은 맘 둘 곳, 몸 둘 곳 없어지다,
문 아주 굳이 닫고 벽에 기대선 채
해가 또 한 번 바뀌거늘
이 밤도 내 기린은 맘 놓고 울들 못 한다.

* 울들 : '울지'의 전라도 방언.

가야금

북으로
북으로
울고 간다 기러기

남방의
대숲 밑
뉘 휘여 날켯느뇨

앞서고 뒤섰다
어지럴 리 없으나

가냘픈 실오라기
네 목숨이 조매로아

연

내 어린 날!
아슬한 하늘에 뜬 연같이
바람에 깜박이는 연실같이
내 어린 날! 아슴풀하다.

하늘은 파랗고 끝없고
평평한 연실은 조매롭고
오! 흰 연 그 새에 높이
아실아실 떠놀다, 내 어린 날!

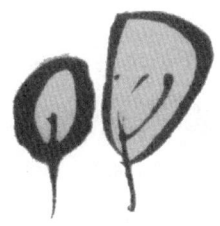

바람이러 끊어 갔더면
엄마 아빠, 날 어찌 찾아
히끗히끗한 실낫 믿고
어린 아빠 피리를 불다.

오! 내 어린 날 하얀 옷 입고
외로히 자랐다, 하얀 넋 담고
조마조마 길가에 붉은 발자옥
자옥마다 눈물이 고이였었다.

* 발자옥 : '발자국'의 잘못

묘비명

생전에 이다지 외로운 사람
어이해 뫼 아래 비碑돌 세우오
초조론 길손의 한숨이라도
헤여진 고층에 자조 떠오리
날마라 외롭다 가고 말 사람
그래도 뫼 아래 비돌 세우리
'외롭건 내 곁에 쉬시다가라'
한恨 되는 한마디 삭이실난가.

오월

들길은 마을에 들자 붉어지고
마을 골목은 들로 내려서자 푸르러졌다.
바람은 넘실 천千 이랑 만萬 이랑
이랑 이랑 햇빛이 갈라지고
보리도 허리통이 부끄럽게 드러났다
꾀꼬리는 엽태 혼자 날아볼 줄 모르나니

암컷이라 쫓길 뿐
수놈이라 쫓을 뿐
황금빛 난 길이 어지럴 뿐
얇은 단장하고 아양 가득 차 있는
산봉우리야, 오늘 밤 너 어디로 가버리련?

* 엽태 : '여태'의 잘못

독을 차고

내 가슴에 독毒을 찬 지 오래로다.
아직 아무도 해한 일 없는 새로 뽑은 독
벗은 그 무서운 독, 그만 흩어버리라 한다.
나는 그 독이, 선뜻 벗도 해할지 모른다 위협하고,

독 안 차고 살아도 머지않아, 너 나 마주 가버리면
억만 세대億萬世代가 그 뒤로 잠자코 흘러가고
나중에 땅덩이 모지라져 모래알이 될 것임을
'허무虛無한데!' 독은 차서 무엇 하느냐고?

아! 내 세상에 태어났음을 원망않고 보낸
어느 하루가 있었던가, '허무한데!' 허나
앞뒤로 덤비는 이리 승냥이, 바야흐로 내 마음을 노리매
내 산 채 짐승의 밥이 되어 찢기우고 할퀴우라, 내맡긴 신세임을

나는 독을 차고 선선히 가리라
막음 날, 내 외로운 혼魂 건지기 위하여.

한 줌 흙

본시 평탄했을 마음 아니로다
구지 톱질하여 산산 찌저노았다.

풍경이 눈을 홀리지 못하고
사랑이 생각을 흐리지 못한다.

지쳐 원망도 안코 산다.

대체 내 노래는 어디로 갔느냐
가장 거룩한 것, 이 눈물만.

아선 마음 끝내 못 빼앗고
주린 마음 끄득 못 배 불리고

어피차 몸도 피로워졌다
바삐 관槐에 못을 다저라

아무려나 한 줌 흙이 되는구나.

강물

잠자리 서뤄서 일어났소
꿈이 고웁지 못해 눈을 떴소.

벼개에 차단히 눈물은 젖었는데
흐르다 못해 한 방울 애끈히 고이었소.

꿈에 본 강물이라 몹시 보고 싶었소
무럭무럭 김 오르며 내리는 강물.

언덕을 혼자서 지니노라니
물오리 갈매기도 끼룩끼룩

강물을 철 철 흘러가면서
아심찬이 그 꿈도 떠실고 갔소.

꿈이 아닌 생시 가진 설움도
작고 강물은 떠실고 갔소.

놓인 마음

가을날 땅검이 아름풋한 흐름 위를
고요히 실리우다 훤듯 스러지는 것
잊은 봄 보랏빛의 낡은 내음이뇨
임이 사라진 천리千里 밖의 산울림
오랜 세월 싀닷긴 으스름한 파스텔

애닯은 듯한
좀 서러운 듯한

오, 모두 다 못 돌아오는
먼 지난날의 놓인 마음

호젓한 노래

그대 내 훗진 노래를 들으실까
꽃은 까득 피고 벌떼 닝닝거리고

그대 내 그늘 없는 소리를 들으실까
안개 자욱히 푸른 골을 다 덮었네

그대 내 흥 안 이는 노래를 들으실까
봄 물결은 왜 이는지 출렁거리네

내 소리는 꿰벗어 봄철의 실타리
호젓한 소리 가다가는 씁쓸한 소리

어슨달밤 빨간 동백꽃 쥐어 따서
마음씨 양 꽁꽁 쭈물러버리네

수풀 아래 작은 샘

수풀 아래 작은 샘
언제나 흰 구름 떠가는 높은 하늘만 내어다보는
수풀 속의 맑은 샘
넓은 하늘의 수만 별을 그대로 총총 가슴에 박은 작은 샘
두레박이 쏟아져 동이 갓을 깨지는 찬란한 떼별의 흘는 소리
얽혀져 잠긴 구슬손결이
웬 별나라 휘 흔들어 버리어도 맑은 샘
해도 저물 녁 그대 종종걸음 흰 듯 다녀갈 뿐 샘은 외로와도
그 밤 또 그대 날과 샘과 셋이 도른도른
무슨 그리 향그런 이야기 날을 새웠나
샘은 애끈한 젊은 꿈 이제도 그저 지녔으리
이 밤 내 혼자 나려가 볼거나, 내려가 볼꺼나

5월 아침

비 개인 5월 아침
혼란스런 꾀꼬리 소리
찬엄燦嚴한 햇살 퍼져 오릅내다

이슬비 새벽을 적시울 즈음
두견의 가슴 찢는 소리 피 어린 흐느낌
한 그릇 옛날 향훈香薰이 어찌
이 맘 홍근 안 젖었으리오마는
이 아침 새 빛에 하늘대는 어린 속잎들
저리 부드러웁고
발목은 포실거리어
접힌 다음 구긴 생각
이제 다 어루만져졌나 보오

꾀꼬리는 다시 창공을 흔드오
자랑찬 새 하늘을 사치스레 만드오
사향麝香 냄새도 잊어버렸대서야
불혹이 자랑이 아니 되오
아침 꾀꼬리에 안 불리는 혼이야
새벽 두견이 못 잡는 마음이야
한낮이 정실하단들 또 무얼 하오

저 꾀꼬리 무던히 소년인가 보오
새벽 두견이야 오-랜 중년이고
내사 불혹을 자랑턴 사람.

오월 한恨

모란이 피는 오월달
월계月桂도 피는 오월달
온갖 재앙이 다 벌어졌어도
내 품에 남는 다순 김 있어
마음실 튀기는 오월이러라
무슨 대견한 옛날였으랴
그래서 못 잊는 오월이랴
청산靑山을 거닐면 하루 한 치씩
뻗어 오르는 풀숲 사이를
보람만 달리던 오월이러라
아무리 두견이 애닲아해도
황금 꾀꼬리 아양을 펴도
싫고 좋고 그렇기보다는
풍기는 내음에 지늘꼈것만
어느새 다 해-진 오월이러라.

청포도

이육사 (1904~1944)

1904년 경북 안동 도산면 원촌리에서 출생. 본명은 원록. 호는 육사. 퇴계 이황 선생의 후손이다. 학교는 조부가 숙장이었던 예안보문에 형(원기)과 함께 다니며 신교육을 받음. 한편, 형(원기), 동생(원일)과 독립운동 단체인 의열단에 가입하여 활동하다가 대구 경찰서에서 6개월 동안 복역함. 늘 병약하여 자주 요양소와 병원, 이사를 다니며 틈틈이 작품을 발표. 1944년 일경에 피검되어 41세의 나이로 북경 감옥소에서 옥사.

李陸史 李陸史 李陸史 李陸史

李陸史 李陸史 李陸史 李陸史

李陸史 李陸史 李陸史 李陸史

李陸史 李陸史 李陸史 李陸史

李陸史 李陸史 李陸史 李陸史

李陸史 李陸史 李陸史 李陸史

李陸史 李陸史 李陸史 李陸史

李陸史 李陸史 李陸史 李陸史

청포도

내 고장 칠월은
청포도가 익어가는 시절

이 마을 전설이 주절이 주저리 열리고
먼 데 하늘이 꿈꾸며 알알이 들어와 박혀

하늘 밑 푸른 바다가 가슴을 열고
흰 돛단배가 곱게 밀려서 오면

내가 바라는 손님은 고달픈 몸으로
청포를 입고 찾아온다고 했으니

내 그를 맞아 이 포도를 따 먹으면
두 손을 함뿍 적셔도 좋으련

아이야, 우리 식탁엔 은쟁반에
하이얀 모시 수건을 마련해 두렴

광인의 태양

분명 라이풀 선線을 튕겨서 올라
그냥 화화火華처럼 살아서 곱고

오랜 나달 연초煙硝에 그을은
얼굴을 가린 슬픈 공작선孔雀扇

거친 해협마다 흘긴 눈초리
항상 요충지대를 노려가다.

춘추삼제春秋三題

1

이른 아침 골목길을 미나리 장수가 길게 외고 갑니다.
할머니의 흐린 동자瞳子는 창공에 무엇을 달리시는지,
아마도 ×에 간 맏아들의 입맛味覺을 그려나 보나 봐요.

2

시냇가 버드나무 이따금 흐느적거립니다.
표모漂母의 방망이 소린 왜 저리 모날까요,
쨍쨍한 이 볕살에 누더기만 빨기는 짜증이 난 게죠.

3

빌딩의 피뢰침에 아지랑이 걸려서 헐떡거립니다.
돌아온 제비 떼 포사선抛射線을 그리며 날려 재재거리는 건
깃들인 옛집 터를 찾아 못 찾는 괴롬 같구려.

황혼

내 골ㅅ방의 커텐을 걷고
정성된 마음으로 황혼을 맞아들이노니
바다의 흰 갈매기들 같이도
인간은 얼마나 외로운 것이냐.

황혼아, 네 부드러운 손을 힘껏 내밀어라
내 뜨거운 입술을 맘대로 맞추어 보련다
그리고 네 품 안에 안긴 모든 것에
나의 입술을 보내게 해다오.

저 십이 성좌의 반짝이는 별들에게도
종소리 저문 삼림森林 속 그윽한 수녀修女들에게도
시멘트 장판 위 그 많은 수인囚人들에게도
의지할 가지없는 그들의 심장이 얼마나 떨고 있는가.

고비 사막을 걸어가는 낙타 탄 행상대行商隊에게나
아프리카 녹음 속 활 쏘는 토인들에게라도
황혼아, 네 부드러운 품 안에 안기는 동안이라도
지구의 반쪽만을, 나의 타는 입술에 맡겨다오.

내 오월의 골ㅅ방이 아늑도 하니
황혼아, 내일도 또 저 푸른 커텐을 걷게 하겠지
정정情情히 사라지긴 시냇물 소리 같아서
한번 식어지면, 다시는 돌아올 줄 모르나보다.

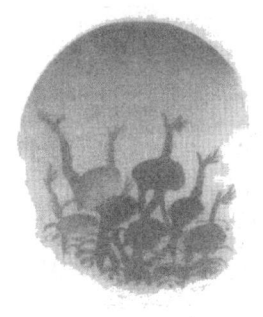

남한산성南漢山城

넌 제왕에 길들인 교룡蛟龍
화석되는 마음에 이끼가 끼여

승천하는 꿈을 길러준 열수洌水
목이 째지라 울어예가도

저녁놀 빛을 걷어 올리고
어디 비바람 있음즉도 안 해라.

호수

내여달리고 저운 마음이련만은
바람에 씻은 듯 다시 명상瞑想하는 눈동자

때로 백조白鳥를 불러 휘날려보기도 하건만
그만 기슭을 안고 돌아누워, 흑흑 느끼는 밤

희미한 별 그림자를 씹어 놓이는 동안
자줏빛 안개 가벼운 명모瞑帽같이 내려 씌운다.

실제失題

하늘이 높기도 하다
고무풍선 같은 첫겨울 달을
누구의 입김으로 불어 올렸는지?
그도 반넘어 서쪽에 기울어졌다.

행랑 뒤골목 호젓한 상술집엔
팔려 온 냉해지冷害地 처녀를 둘러싸고
대학생의 지질숙한 눈초리가
사상선도思想善導의 염탐꾼 밑에 떨고 있다.

라디오의 수양강화修養講話가 끝이 났는지?
마장 구락부俱樂部 문간은 하품을 치고
빌딩 돌담에 꿈을 그리는 거지새끼만
이 도시의 양심을 지키나 보다.

바람은 밤을 집어삼키고
아득한 까스 속을 흘러서 가니
거리의 주인공인 해태의 눈깔은
언제나 말갛게 푸르러 오노(十二月初夜)

한 개의 별을 노래하자

한 개의 별을 노래하자. 꼭 한 개의 별을

십이성좌十二星座 그 숱한 별을 어쩌나 노래하겠니

꼭 한 개의 별! 아침 날 때 보고, 저녁 들 때도 보는 별
우리들과 아주 친하고 그중 빛나는 별을 노래하자
아름다운 미래를 꾸며 볼 동방의 큰 별을 가지자.

한 개의 별을 가지는 건, 한 개의 지구를 갖는 것
아롱진 설움밖에 잃은 것도 없는, 낡은 이 땅에서
한 개의 새로운 지구를 차지할 오는 날의 기쁜 노래를
목 안에 핏대를 올려가며 마음껏 불러보자.

처녀의 눈동자를 느끼며 돌아가는 군수야업軍需夜業의 젊은 동무들
푸른 샘을 그리는 고달픈 사막의 행상대行商隊도 마음을 축여라
화전火田에 돌을 줍는 백성들도 옥야천리沃野千里를 차지하자.

다 같이 제멋에 알맞는 풍양豐穰한 지구의 주재자로
임자 없는 한 개의 별을 가질 노래를 부르자.

한 개의 별, 한 개의 지구, 단단히 다져진 그 땅 위에
모든 생산의 씨를 우리의 손으로 휘뿌려 보자
영속罌粟처럼 찬란한 열매를 거두는 찬연엔
예의에 끄림없는 반취半醉의 노래라도 불러보자.

염리厭離한 사람들을 다스리는 신이란 항상 거룩합시니
새 별을 찾아가는 이민들의 그 틈엔 안 끼여 갈 테니
새로운 지구엔 단죄罪 없는 노래를 진주眞珠처럼 흩이자

한 개의 별을 노래하자. 다만 한 개의 별일망정
한 개 또 한 개의 십이성좌 모든 별을 노래하자.

* 영속英粟 : 앵속(罌粟 : 양귀비)의 잘못
* 염리(厭離) : 세상이 싫어 속세를 떠남

강 건너간 노래

섣달에도 보름께 달 밝은 밤
앞 내ㅅ강ㅍ 쌩쌩 얼어 조이던 밤에
내가 부르던 노래는 강 건너갔소

강 건너 하늘 끝에 사막도 다은곳
내 노래는 제비같이 날러서 갔소

못 잊을 계집애나 집조차 없다기
가기는 갔지만, 어린 날개 지치면
그만 어느 모랫불에 떨어져 타서 죽겠소

사막은 끝없이 푸른 하늘이 덮여
눈물 먹은 별들이 조상 오는 밤

밤은 옛일을 무지개보다 곱게 짜내나니
한가락 여기 두고, 또한 가락 어데멘가
내가 부른 노래는 그 밤에 강 건너갔소

소공원

한낮은 햇발이

백공작白孔雀 꼬리 위에 함북 퍼지고

그 넘에 비둘기 보리밭에 두고 온
사랑이 그립다고 근심스레 코고울며

해오래비 청춘을 물가에 흘려보냈다고
쭈그리고 앉아 비를 부르건마는

흰 오리 떼만 분주히 미끼를 찾아
자무락질치는 소리 약간 들리고

언덕은 잔디밭 파라솔 돌리는 이국소년들
해당화海棠花 같은 뺨을 돌려 망향가도 부른다.

* 자무락질 : 자맥질

노정기路程記

목숨이란, 마치 깨여진 뱃조각

여기저기 흩어져 마을이 구죽죽한 어촌보담 어설프고
삶의 티끌만 오래 묵은 포범布帆처럼 달아매였다.

남들은 기뻤다는 젊은 날이었것만
밤마다 내 꿈은 서해를 밀항密航하는 「짱크」와 같아
소금에 절고 조수潮水에 부프러 올랐다.

항상 흐렷한 밤 암초를 벗어나면 태풍과 싸워가고
전설에 읽어본 산호도珊瑚島는 구경도 못하는
그곳은 남십자성南十字星이 비쳐주도 않았다.

쫓기는 마음 지친 몸이길래
그리운 지평선을 한숨에 기어오르면
시궁치는 열대식물처럼 발목을 오여쌌다.

새벽 밀물에 밀려온 거미이냐
다 삭아빠즌 소라 깍질에 나는 붙어왔다.
먼 항구의 노정路程에 흘러간 생활을 들여다보며.

아편鴉片

나릿한 남만南蠻의 밤
반제蟠祭의 두렛불 타오르고

옥돌보다 찬 넋이 있어
홍역紅疫이 만발하는 거리로 쏠려

거리엔 노아의 홍수 넘쳐나고
위태한 섬 위에 빛난 별 하나

너는 고 알몸둥아리 향기를
봄마다 바람 실은 돛대처럼 오라

무지개같이 황홀한 삶의 광영光榮
죄와 곁드려도 삶즉한 누리.

* 반제(蟠祭) : 반(蟠)은 몸을 감고 엎드려 있다. 서리다.
* 두렛불 : 두레는 '풍물놀이'를 달리 이르는 말

해조사海潮詞

동방洞房을 찾아드는 신부의 발자취같이
조심스리 걸어오는 고이한 소리!
해조海潮의 소리는 네모진 내 들창을 열다.
이 밤에, 나를 부르는 이 없으련만?

남생이 등같이 외로운 이 섬 밤을
싸고 오는 소리! 고이한 침략자여!
내 보고寶庫를, 문을 흔드는 건, 그 누군고?
영주領主인 나의 한 마디 허락도 없이,
코가사스 평원을 달리는 말굽 소리보다
한층 요란한 소리! 고이한 약탈자여!

내 정열밖에 너들에 뺏길 게 무엇이료.
가난한 귀향살이 손님은 파리하다.

* 너들 : '너희'의 방언

올 때는 왜 그리 호기롭게 올려와서
너들의 숨결이 밀수자密輸者 같이 헐데느냐.
오, 그것은 나에게 호소하는 말 못 할 울분인가?
내 고성古城엔 밤이 무겁게 깊어가는데.

쇠줄에 끌려 걷는 수인囚人들의 무거운 발소리!
옛날의 기억을 아롱지게 수놓는 고이한 소리!
해방을 약속하던 그날 밤의 음모를
먼동이 트기 전 또다시 속삭여 보렴인가?

검은 벨을 쓰고 오는 젊은 여승들의 부르짖음
고이한 소리! 발밑을 지나며 흑흑 흐느끼는 건
어느 사원寺院을 탈주해 온 어여쁜 청춘의 반역인고?
시들었던 내 항분亢奮도 해조海潮처럼 부풀어 오르는 이 밤에

이 밤에 날 부를 이 없거늘! 고이한 소리!
광야를 울리는 불 맞은 사자獅子의 신음인가?
오, 소리는 장엄한 네 생애의 마지막 포효咆哮!
내 고도孤島의 매태 낀 성곽을 깨뜨려 다오!

산실産室을 새어나는 분만의 괴로움!
한밤에 찾아올 귀여운 손님을 맞이하자.
소리 고이한 소리, 지축地軸이 메지게 달려와
고요한 섬 밤을 지새게 하는고녀.

거인巨人의 탄생을 축복하는 노래의 합주!
하늘에 사무치는 거룩한 기쁨의 소리!
해조는 가을을 불러내 가슴을 어루만지며
잠드는 넋을 부르다. 오, 해조! 해조의 소리!

초가草家

구겨진 하늘은 묵은 얘기책을 편 듯
돌담 울이 고성古城같이 둘러싼 산기슭
박쥐 나래 밑에 황혼이 묻혀오면
초가 집집마다 호롱불이 켜지고
고향을 그린 묵화墨畵 한 폭 좀이 쳐.

띄엄띄엄 보이는 그림 조각은
앞밭에 보리밭에 말매나물 캐러 간
가시내는 가시내와 종달새 소리에 반해
빈 바구니 차고 오긴 너무도 부끄러워
술레짠 두 뺨 위에 모매꽃이 피었고

그네 줄에 비가 오면 풍년이 든다더니
앞내강에 씨레나무 밀려나리면
젊은이는 젊은이와 뗏목을 타고
돈 벌러 항구로 흘러간 몇 달에
서릿발 잎 져도, 못 오면 바람이 분다.

피로 가꾼 이삭에 참새로 날아가고
곰처럼 어린놈이 북극을 꿈꾸는데
늙은이는, 늙은이와 싸우는 입김도.
벽에 서려 성애 끼는 한겨울 밤은
동리洞里의 밀고자인 강물조차 얼어붙는다.

절정絶頂

매운 계절의 채쭉에 갈겨
마침내 북방으로 휩쓸려오다.

하늘도 그만 지쳐 끝난 고원高原
서릿발 칼날 진 그 위에 서다.

어데다 무릎을 꿇어야 하나?
한 발 재겨 디딜 곳조차 없다.

이러매 눈 감아 생각해 볼밖에
겨울은 강철로 된 무지갠가 보다.

일식日蝕

쟁반에 먹물을 담아 햇살을 비쳐본 어린 날
불개는 그만 하나밖에 없는 내 날을 먹었다.

날과 땅이 한 줄 위에 돈다는 고 순간만이라도
차라리 헛말이기를 밤마다 정녕 빌어도 보았다.

마침내 가슴은 동굴보다 어두워 설레인고녀
다만 한 봉오리 피려는 장미 벌레가 좀치렸다.

그래서 더 예쁘고 진정 덧없지 아니하냐
또 어데 다른 하늘을 얻어 이슬 젖은 별빛에 가꾸련다.

××에게 주는

교목喬木

푸른 하늘에 닿을 듯이
세월에 불타고 우뚝 남아서셔
차라리 봄도 꽃피진 말어라,

낡은 거미집 휘두르고
끝없는 꿈길에 혼자 설내이는
마음은 아예 뉘우침 아니라

검은 그림자 쓸쓸하면
마침내 호수 속 깊이 거꾸러져
참아 바람도 흔들진 못해라.

SS에게

자야곡子夜曲

수만호 빛이래야 할 내 고향이언만
노랑나비도 오잖는 무덤 위에 이끼만 푸르러라.

슬픔도 자랑도 집어삼키는 검은 꿈
파이프엔 조용히 타오르는 꽃불도 향기론데

연기는 돛대처럼 나려 항구에 들고
옛날의 들창마다 눈동자엔 짠 소금이 저려

바람 불고 눈보라가 치잖으면 못살이라
매운 술을 마셔 돌아가는 그림자 발자취 소리

숨막힐 마음속에 어데 강물이 흐르느뇨
달은 강을 따르고, 나는 차디찬 강맘에 드리느라

수만호 빛이라야 할, 내 고향이언만
노랑나비도 오잖는 무덤 위에 이끼만 푸르러라.

독백獨白

운모雲母처럼 희고 찬 얼굴
그냥 주검에 물든 줄 아나
내 지금 달 아래 서서 있네.

돛대보다 높다란 어깨
얇은 구름 쪽 거미줄 가려
파도나 바람을 귀밑에 듣네.

갈매긴양 떠도는 심사
어데 하난들 끝 간 델 아리
으릇한 사념을 기폭에 흘리네.

선창마다 푸른 막 치고
촛불 향수에 찌르르 타면
운하는 밤마다 무지개 지네.

* 기폭(旗幅) : 깃발

박쥐같은 날개나 펴면
아주 흐린 날 그림자 속에
떠서는 날잖는 사복이 됨세.

닭 소리나 들리면 가랴
안개 뽀얗게 내리는 새벽
그곳을 가만히 내려서 감세.

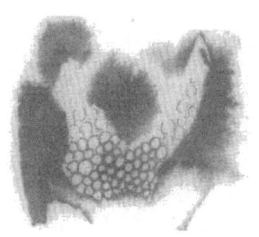

아미蛾眉

구름의 백작부인

향수鄕愁에 철나면 눈썹이 기난이요
바다랑 바람이랑 그사이 태여났고
나라마다 어진 풍속 자랐겠죠.

짓푸른 깁장帳을 나서면, 그 몸매
하이얀 깃옷은 휘둘러 눈부시고
정녕 왈츠라도 추실란가봐요.

햇살같이 펼쳐진 부채는 감춰도
도톰한 손결 교소驕笑를 가루어서
공주의 홀笏보다 깨끗이 떨리오.

언제나 모듬에 지쳐서 돌아오면
꽃다발 향기조차 기억만 새로워라
찬젓때 소리에다 옷끈을 흘려보내고

촛불처럼 타오르는 가슴속 사념은
진정 누구를 아끼시는 속죄라오.
발아래 가득히 황혼이 내려치오.

달빛은 서늘한 원주 아래 돕시면
장미 쩌 이고, 장미 쩌 흩으시고
아련히 가시는 곳, 그 어딘가 보이오.

* 교소驕笑 : 교만한 웃음

서울

어떤 시골이라도 어린애들은 있어 고놈들 꿈결조차 잊지 못할 자랑 속에 피어나 황홀하기 장미빛 바다였다.

밤마다 야광夜光들의 고운 불 아래 모여서 영화로운 잔치와 쉴 새 없이 해조에 따라 푸른 하늘을 꾀했다는 이야기.

왼 누리의 심장을 거기에 느껴보겠다고, 모든 길과 길들 핏줄같이 엉클여서 역驛마다 느릅나무가 늘어서고

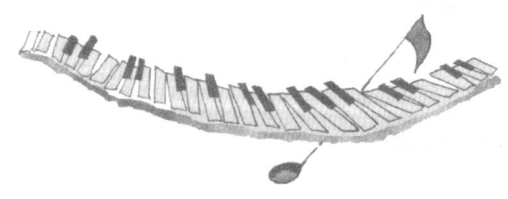

긴 세월이 맴도는 그 판에 고추 먹고 뱅뱅, 찔레 먹고 뱅뱅 넘어지면, 맘모스의 해골처럼 흐르는 연광燐光 길다랗게.

개아미 마치 개아미다. 젊은 놈들 겁이 잔뜩 나 참아 참아하는 마음은 늘 원망에 비껴 잊을 것이었다 깍쟁이.

언제나 여름이 오면 황혼의 이 뿔따귀 저 뿔따귀에, 한 줄식 걸처 매고, 짐짓 창공에 노려대는 거미집이다. 텅 비인.

제발 바람이 세차게 불거든 케케묵은 먼지를 눈보라마냥 날려라. 녹아내리면 개천에 고놈 살모사들 승천을 할는지.

파초芭蕉

항상 앓는 나의 숨결이 오늘은
해월海月처럼 게을러 은빛 물결에 뜨나니

파초 너의 푸른 옷깃을 들어
이닷 타는 입술을 추겨주렴

그 옛적 사라센의 마즈막 날엔
기약 없이 흩어진 두 날 넋이었어라

젊은 여인들의 잡아 못논 소매 끝엔
고은 손금조차 아즉 꿈을 짜는데

먼 성좌星座와 새로운 꽃들을 볼 때마다
잊었던 계절을 몇 번 눈 위에 그렷느뇨.

차라리 천년 뒤 이 가을밤, 나와 함께
빗소리는 얼마나 긴가 재어보자

그리고 새벽하늘 어디 무지개 서면
무지개 밟고 다시 끝없이 헤어지세.

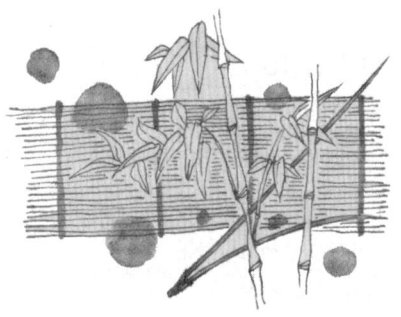

나의 뮤즈

아주 헐벗은 나의 뮤즈는
한 번도 기야 싶은 날이 없어
사뭇 밤만을 왕자처럼 누려 왔소.

아무것도 없는 주제였만도
모든 것이 제것인 듯 뻗대는 멋이야
그냥 인드라의 영토를 날라도 단인다오.

고향은 어데라 물어도 말은 않지만
처음은 정녕 북해안北海岸 매운 바람 속에 자라
대곤大鯤을 타고 다녔단 것이 일생의 자랑이죠.

계집을 사랑커든 수염이 너무 주체스럽다도
취하면 행랑 뒷골목을 돌아서 단이며
복보다 크고 흰 귀를 자주 망토로 가리오.

그러나 나와는 몇천 겁千劫 동안이나
바로 비취翡翠가 녹아나는 듯한 돌샘가에
향연이 벌어지면 부르는 노래란 목청이 외골수요
밤도 시진하고 닭 소래 들릴 때면
그만 그는 별 계단을 성큼성큼 올라가고
나는 촛불도 꺼져 백합 꽃밭에 옷깃이 젖도록 잤소.

* 대곤(大鵾) : 큰고니

광야曠野

까마득한 날에
하늘이 처음 열리고
어데 닭 우는 소리 들렸으랴.

모든 산맥들이
바다를 연모해 휘달릴 때도
차마 이곳을 범하던 못하였으리라.

끊임없는 광음을
부지런한 계절이 피어선 지고
큰 강물이 비로소 길을 열었다.

지금 눈 나리고
매화 향기 홀로 아득하니
내 여기 가난한 노래의 씨를 뿌려라.

다시 천고千古의 뒤에
백마 타고 오는 초인超人이 있어
이 광야에서 목 놓아 부르게 하리라.

소년에게

차디찬 아침이슬
진주가 빛나는 못가
연꽃 하나 다복히 피고

소년아 네가 낳다니
맑은 넋에 깃드려
박꽃처럼 자랐세라

큰 강 목 놓아 흘러
여울은 흰 돌쪽마다
소리 석양을 새기고

너는 준마 달리며
죽도竹刀 저 곧은 기운을
목숨같이 사랑했거늘

거리를 쫓아 다녀도
분수噴水 있는 풍경 속에
동상답게 서봐도 좋다.

서풍 뺨을 스치고
하늘 한가 구름 뜨는 곳
희고 푸른 지음을 노래하며

그래 가락은 흔들리고
별들 춥다 얼어붙고
너조차 미친들 어떠랴.

* 죽도(竹刀) : 대나무 칼

해후邂逅

모든 별들이 비취계단翡翠階段을 내리고 풍악 소리 바루 조수처럼 부푸러 오르던 그 밤, 우리는 바다의 전당을 떠났다.

가을꽃을 하직하는 나비 모양 떨어져선, 다시 가까이 되돌아보곤 또 멀어지던 흰 날개 위엔 볕살도 따갑더라.

머나먼 기억은 끝없는 나그네의 시름 속에 자라나는 너를 간직하고, 너도 나를 아껴 항상 단조한 물결에 익었다.

그러나 물결은 흔들려 끝끝내 보이지 않고 나조차 계절풍의 넋이 가치 휩쓸려 정치못 일곱 바다에 밀렸거늘.

너는 무슨 일로 사막의 공주公主 같아 연지脂 찍은 붉은 입술을 내 근심에 표백된 돛대에 거느뇨. 오! 안타까운 신월新月.

때론 너를 불러 꿈마다, 눈 덮인 내 섬 속 투명한 영락玲珞으로 세운 집안에, 머리 푼 알몸을 황금 항쇄項鎖 족쇄로 매어두고

귓밤에 우는 구슬과 사슬 끊는 소리 들으며, 나는 이름도 모를 꽃밭에 물을 뿌리며, 먼 다음 날을 빌었더니.

꽃들이 피면 향기에 취한 나는 잠든 틈을 타, 너는 온갖 화판花瓣을 따서 날개를 붙이고, 그만 어디로 날러갔더냐.

지금 놀이 내려 선창이 고향의 하늘보다 둥글거늘, 검은 망토를 두르기는 지나간 세기世紀의 상장喪章 같아 슬프지 않은가.

차라리 그 고은 손에 흰 수건을 날리렴, 허무의 분수령에 앞날의 깃빨을 걸고, 너와 나와는 또 흐르자, 부끄럽게 흐르자.

* 화판(花瓣) : 꽃잎 * 선창(船窓) : 배의 창문

꽃

동방은 하늘도 다 끝나고
비 한 방울 내리잖는 그때에도
오히려 꽃은 빨갛게 피지 않는가
내 목숨을 꾸며 쉬임 없는 날이여!

북쪽 쓴드라에도 찬 새벽은
눈 속 깊이 꽃봉오리가 옴작거려
제비 떼 까맣게 날라오길 기다리나니
마침내 저바리지 못할 약속이여!

한 바다 복판 용솟음치는 곳
바람결 따라 타오르는 꽃성城에는
나비처럼 취하는 회상의 무리들아
오늘 내 여기서, 너를 불러보노라.

* 쓴드라 : 툰드라

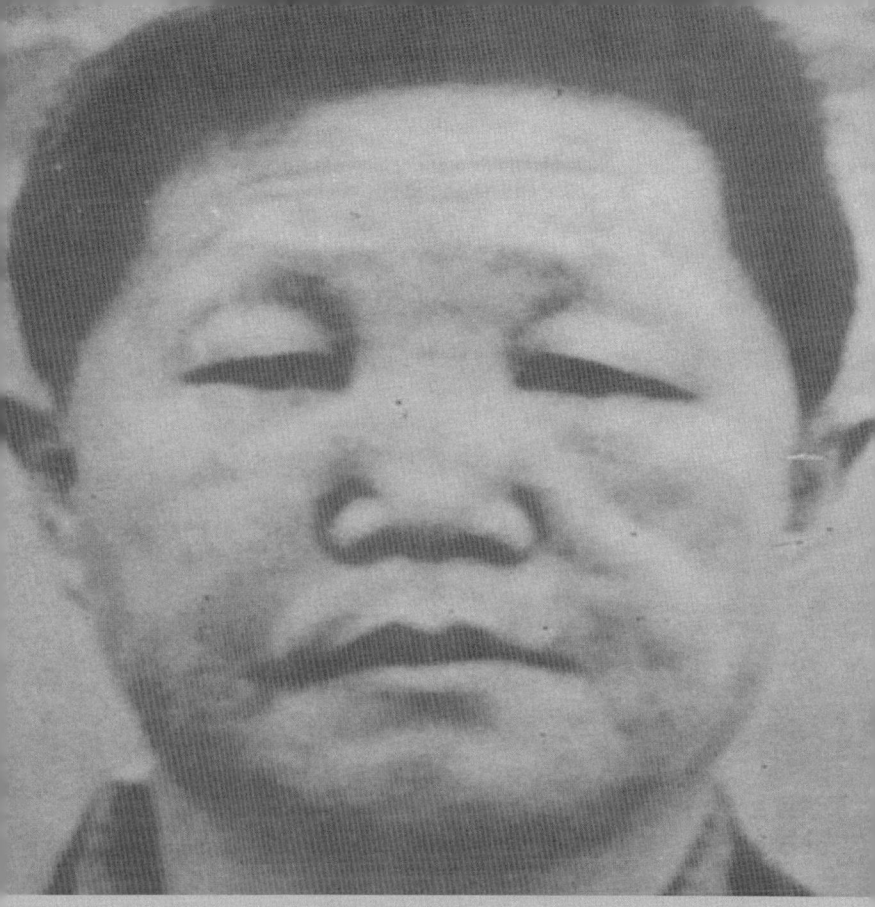

보리피리

한하운(1919~1975)

함경남도 함주 출생. 이리농림학교에 진학한 후 중국 국립 북경대학 축산학과를 졸업하고 귀국하여 개마고원 개간에 전념. 경기도청 축산과 근무 때 나병 발병과 치료를 시작. 함흥 학생의거 사건으로 소련군에 체포되어 함흥 형무소에 수감. 원산 형무소에서 탈옥한 후 단신 월남하여 전국 각지를 유랑하며 시작에 몰두. 그 후 대한 한센 총연맹을 결성하여 위원장에 선임됨. 『나의 슬픈 반생기』 작품이 영화로 제작 국내외에 상영. 1975년 57세의 나이로 인천 자택에서 세상을 떠남.

韓何雲　韓何雲　韓何雲　韓何雲

韓何雲　韓何雲　韓何雲　韓何雲

韓何雲　韓何雲　韓何雲　韓何雲

韓何雲　韓何雲　韓何雲　韓何雲

韓何雲　韓何雲　韓何雲　韓何雲

韓何雲　韓何雲　韓何雲　韓何雲

韓何雲　韓何雲　韓何雲　韓何雲

韓何雲　韓何雲　韓何雲　韓何雲

보리피리

보리피리 불며
봄 언덕
고향 그리워
피-르 닐니리.

보리피리 불며
꽃 청산
어린 때 그리워
피-르 닐니리

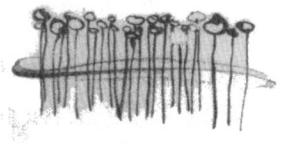

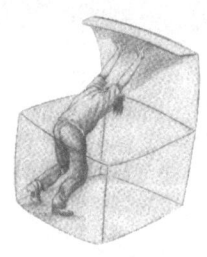

보리피리 불며
인환人寰의 거리
인간사人間事 그리워
피-ㄹ 닐니리

보리피리 불며
방랑의 기산하幾山河
눈물의 언덕을 지나
피-ㄹ 닐니리

* 인환(人寰) : 사람들이 살고 북적대는 곳
* 기산하(幾山河) : 많은 산과 들

손가락 한 마디

긴 밤에 얼어서
손가락 한 마디
머리를 긁다가 땅 위에 떨어진다.

이 뼈 한마디 살 한 점
옷깃을 찢어서 아깝게 싼다
하얀 붕대로 덧싸서 주머니에 넣어둔다.

날이 따스해지면
남산 어느 양지 터를 가려서
깊이깊이 땅 파고 묻어야겠다.

자화상

한 번도 웃어 본 일이 없다.
한 번도 울어 본 일이 없다.

웃음도 울음도 아닌 슬픔
그러한 슬픔에 굳어버린 나의 얼굴.

도대체 웃음이란 얼마나
가볍게 스쳐가는 시장기냐.

도대체 울음이란 얼마나
짓궂게 왔다가는 포만증이냐.

한때 나의 푸른 이마 밑
검은 눈썹 언저리에 메워 본 덧없음을 이어

오늘 꼭 가야 할 아무 데도 없는 낯선 이 길머리에
쩔룸쩔룸 다섯 자보다 좀 더 큰 키로 나는 섰다.

어쩌면 나의 키가 끄으는 나의 그림자는
이렇게도 우득히 웬 땅을 덮는 것이냐.

지나는 거리마다 쇼윈도 유리창마다
얼른얼른 내가 나를 알아볼 수 없는 나의 얼굴.

하운何雲

나 하나 어쩔 줄 몰라 서둘리네
산도 언덕도 나뭇가지도
여기라 뜬 세상
죽음에 주인이 없어 허락이 없어
이처럼 어쩔 줄 몰라 서둘리는가.

매양 벌려 둔 저 바다인들
풍덩실 내 자무러지면
수많은 어족魚族들의 원망이 넘칠 것 같다.

썩은 육체 언저리에
네 혫과 균과 비悲와 애哀와 애愛를 엮어
뗏목처럼 창공으로 흘러 보고파진다.

아, 구름 되고파
바람이 되고파

어이없는 창공에
섬이 되고파.

나는 문둥이가 아니올시다

아버지가 문둥이올시다
어머니가 문둥이올시다
나는 문둥이 새끼올시다
그러나 정말은 문둥이가 아니올시다.

하늘과 땅 사이에
꽃과 나비가

해와 별을 속인 사랑이
목숨이 된 것이올시다.

세상은 이 목숨을 서러워서
사람인 나를 문둥이라 부릅니다.

호적도 없이
되씹고 되씹어도 알 수는 없어
성한 사람이 되려고 애써도 될 수는 없어
어처구니없는 사람이올시다.

나는 문둥이가 아니올시다.
나는 정말로 문둥이가 아닌
성한 사람이올시다.

비 오는 길

주막도 비를 맞네
가는 나그네

빗길을 갈까
쉬어서 갈까

무슨 길 바삐 바삐
가는 나그네

쉬어 갈 줄 모르랴
한잔 술을 모르랴

삶

지나가 버린 것은
모두가 다 아름다왔다.

여기 있는 것 남은 것은
욕이다, 벌이다, 문둥이다.

옛날에 서서
우러러보던 하늘은
아직 푸르기만 하다마는

아, 꽃과 같은 삶과
꽃일 수 없는 삶과의
갈등 사잇길에 쩔룩거리며 섰다.

잠깐이라도 이 낯선 집
추녀 밑에 서서 우는 것은
욕이다, 벌이다, 문둥이다.

나

아니올시다
아니올시다
정말로 아니올시다.

사람이 아니올시다
짐승이 아니올시다.

하늘과 땅과
그사이에 잘못 돋아난
버섯이올시다, 버섯이올시다.

다만
버섯처럼 어쩔 수 없는
정말로 어쩔 수 없는 목숨이올시다.

억겁億劫을 두고, 나눠도, 나눠도
그래도 많이 남을 벌罰이올시다, 벌이올시다.

파랑새

나는
나는
죽어서
파랑새 되어

푸른 하늘
푸른 들
날아다니며

푸른 노래
푸른 울음
울어 예우리

나는
나는
죽어서
파랑새 되리

목숨

쓰레기통과
쓰레기통과 나란히 앉아서
밤을 새운다.

눈 깜박하는 사이에
죽어버리는 것만 같았다.

눈 깜박하는 사이에
아직도 살아 있는 목숨이 꿈틀 만져진다.

배꼽 아래 손을 넣으면
37도의 체온이
한 마리의 썩어가는 생선처럼 뭉클 쥐어진다.

아, 하나밖에 없는
나에게 나의 목숨은
아직도 하늘에 별처럼 또렷한 것이냐.

벌罰

죄명은 문둥이
이건 참 어처구니없는 벌罰이올시다.

아무 법문法文의 어느 조항에도 없는
내 죄를 변호할 길은 없다.

옛날부터
사람이 지은 죄는
사람으로 하여금 벌을 받게 했다.

그러나 나를
아무도 없는 이 하늘 밖에 내세워 놓고

죄명은 문둥이
이건 참 어처구니없는 벌이올시다.

자벌레의 밤

나의 상류上流에서
이 얼마나 멀리 떠내려온 밤이냐

물결 닿는 대로 바람에 띄워 보낸 작은 나의 배가
파도에 밀려난 그 어느 기슭이기에
삽살개도 한 마리 짖지 않고

아, 여기서
나는 누구의 이름을 불러보아야 하나

첩첩한 어둠 속에 부표처럼 떠서
가릴 수 없는 동서남북에 지친 사람아

아무리 불러보아야
답 없는 밤이었다.

어머니

어머니
나를 낳으실 때
배가 아파서 울으셨다.

어머니
나를 낳으신 뒤
아들 됐다고 기뻐하셨다.

어머니
병들어 죽으실 때
날 두고 가신 길을 슬퍼하셨다.

어머니
흙으로 돌아가신
말이 없는 어머니.

생명의 노래

지나간 것도 아름답다
이제 문둥이 삶도 아름답다
또 오려는 문드러짐도 아름답다.

모두가
꽃같이 아름답고
······꽃같이 서러워라

한세상
한세월
살고 살면서

난 보람
아라리
꿈이라 하오리.

개구리

가갸 거겨
고교 구규
그기 가

라랴 러려
로료 루류
르리 라

열리지 않는 문

감기에는
아스피린 하얀 정제를
두어 개만 먹으면 낫는다.

빈혈증에는 포도당 주사요
매독에는 606호를 맞으면 그만이다.

그리고 또 그리고 또
신농씨의 유업을 받아서
가지가지 초근목피로
용하게 병을 고치는 수도 있다고 한다.

의학박사도 많고
약학박사도 많고

내과 외과 소아과
치과 신경과 피부과
병원도 많기도 한데

그러나 병원 문은 집집이 닫혀 있다.
약국이란 약국은 문이 열리지 않는다.

그러면서도
이제 막 인력거 위에 누워서 가는
환자가 있다.

아니 하얀 가운을 입고
하얀 마스크를 건
의사 선생님과 간호원이
바쁘게 내 앞을 지나간다.

버러지

새살이 하러 찾아온
또 새손댁 금실기가
바램에 부풀은 눈시울에
똑똑히 삶을 그린 눈썹이 시물구나.

손가락 떨어지면
손목은 뭉뚝한 몽두이 됐다.

분에 못 견딜 삶이라서
내 몽두이라도 마구마구 휘어 때린
매 맞는 땅바닥은 태연도 한데
어이 억울한 하늘이 울음을 대신하나.

한 가지 약을 물어 천 가지를 바라며
전설로 걸어가면 신기를 만나련가.

이 실천이 꿈이련가
꿈이 실천이련가.

큰 목적을 위하여
이 몹쓸 고집을 복종시키자
인내만이 불행을 달래어 두고
의심만이 나와 소곤거리자.

버러지, 버러지, 약버러지
놀라 자지러진
네 너로, 네만으로 죄 없단 빛이
누두둑 푸른 피 흘려 흘려
흙 짙은 목덜미에
왕소름을 끼친다.

내가 버러지를 먹는지
버러지가 나를 먹는지.

* 몽두이 : 몽둥이

고향

원한이 하늘을 찢고 우는 노고지리도
험살이 돋친 쑥대밭이 제 고향인데
인목도 등 넘으면

알아보는 제 고향 인정이래도
나는 산 넘어 산 넘어 봐도
고향도 인정도 아니더라

이제부터 준령을 넘어 넘어
고향 없는 마을을 볼지
마을 없는 인정을 볼지.

* 인목(人木) : 나무 인형

여인

눈여겨 낯익은 듯한 여인 하나
어깨 널찍한 사나이와 함께 나란히
아기를 거느리고 내 앞을 무심히 지나간다.

아무리 보아도
나이가 스무 살 남짓한 저 여인은
뒷모양 걸음걸이 몸맵시 하며, 틀림없는 저… 누구라 할까.

어쩌면 엷은 입술 혀끝에 맴도는 이름이요!
어쩌면 아슬아슬 눈 감길 듯 떠오르는 추억이요!
옛날엔 아무렇게나 행복해 버렸나 보지?
아니, 아니 정말로 이제금 행복해 버렸나 보지?

전라도길

소록도 가는 길

가도 가도 붉은 황톳길
숨 막히는 더위뿐이더라.

낯선 친구 만나면
우리들 문둥이끼리 반갑다.

천안天安 삼거리를 지나도
쑤세미 같은 해는 서산西山에 남는데.

가도 가도 붉은 황톳길
숨 막히는 더윗속으로 찔름거리며 가는 길.

신을 벗으면
버드나무 밑에서 지까다비를 벗으면
발꼬락이 또 한 개 없다.

앞으로 남은 두 개의 발꼬락이 잘릴 때까지
가도 가도 천리 먼 전라도길.

막다른 길

저 길도 아닌
이 길이다 하고 가는 길

골목골목
낯선 문패와
서투른 번지수를 우정 기웃거리며

이 골목
저 골목
뒷골목으로 가는 길

저 길이 이 길이 아닌
저 길이 되니
개가 사람을 업수여기고 덤벼든다.

고우 스톱

빨간불이 켜진다
파란불이 켜진다

자동차 전차할 것 없이
사람들은 모두들 신호信號를 기다려 섰다

나도 어엿한 누구와도 같이
사람들과, 사람들과, 사람들 틈에 끼여서
이 네거리를 건너가 보는 것이다.

아, 그러나
성한 사람들은 저희들끼리
앞을 다투어 먼저 가버린다.

또다시 빨간불이 켜진다
또다시 파란불이 켜진다

또다시 자동차 전차할 것 없이
사람들은 모두들 신호를 기다려 섰다.

또다시 나도 어젓한 누구와도 같이
사람들과, 사람들과, 사람들 틈에 끼어서
이 네거리를 건너가 보는 것이다.

아, 그러나
또다시 성한 사람들은 저희들끼리
앞을 다투어 먼저 가 버린다

또다시 나에게 어데로 가라는 길이냐
또다시 나에게 어데로 가라는 신호냐.

냉수 마시고 가련다

산천山川아, 구름아, 하늘아
알고도 모르는 척할 것이로되
모르면서 아는 척하지를 말라.

구름아 또 흐르누나
나는 가고 너는 오고
하늘과 땅 사이에서
너와 나와 헛갈리누나.

아 아, 하늘이라면
많은 별과 태양과 구름을 가졌더냐

이렇듯 맑은 세월도
푸른 지평地平도, 건강한 생生도, 평등한 행幸도
나와는 머얼지도 가깝지도 못할
못내 허공에도 끼어질 틈이 없다.

삼라만상森羅萬象은 상호부조相互扶助의 깍지를 끼고
을스꽁
저 좋은 곳으로만 돌아가는가.

산천아, 내 너를 알기에
냉수 마시고 가련다.

기어코 허락할 수 없는 생명을 지닌
내 목으로 너를 들이키기엔
너무나도 시원한 이해理解이어라.

봄

제일 먼저 누구의 이름으로
이 좁은 지역에도 한 포기 꽃을 피웠더냐

하늘이 부끄러워
문들레꽃 이른 봄이 부끄러워

새로는 돋을 수 없는 빨간 모가지
땅속에서 움 돋듯 치미는 모가지가 부끄러워

버들가지 철철 늘어진 초록빛 계절 앞에서
겨웁도록 울다 가는 청춘이요, 눈물이요

그래도 살고 싶은 것은, 살고 싶은 것은
한 번밖에 없는 자살을 아끼는 것이지요.

무지개

무지개가 섰다.
무지개가 섰다.

물젖은 하늘에
거센 햇살의 프리즘 광선 굴절로
천연天然은 태고의 영광 그대로
영롱한 칠채七彩의 극광極光으로
하늘과 하늘에 궁륭穹窿한 다리가 놓여졌다.

무지개는 이윽고 사라졌다.
아쉽게
인간의 영혼의 그리움이
행복을 손 모아 하늘에 비는 아쉬움처럼
사라진다 서서히……

만사萬事는
무지개가 섰다 사라지듯
아름다운 공허였었다.

도라지꽃

도라지꽃
도라지꽃

첩첩
산 두메

산력山歷은
목석

바람에
도리머리

도라지꽃
도라지꽃

도라지꽃
도라지꽃

산 두메
산세월山歲月

산새야
우지마

바람에
산곡조山曲調

도라지꽃
도라지꽃

답화귀踏花歸

벚꽃이 피고
벚꽃이 지네
함박눈인 양 날리며 깔리네.

꽃 속에
꽃길로
꽃을 밟고 나는 돌아가네.

꽃이 달빛에 졸고
봄 달이 꽃 속에 졸고
꿈결 같은데
별은 꽃과 더불어
아슬한 은하수 만리萬里 꽃 사이로 흐르네.

꽃잎이 날려서
문둥이에 부닥치네.

시악씨같이 서럽지도 않게
가슴에 안기네.

꽃이 지네
꽃이 지네
뉘 사랑의 이별인가
이 밤에 남몰래 떠나가는가.

꽃지는 밤
꽃을 밟고
옛날을 다시 걸어
꽃길로
꽃을 밟고
나는 돌아가네.

리라꽃 던지고

P양
몇 차례나 뜨거운 편지 받았습니다.

어쩔 줄 모르는 충격에
외로와지기만 합니다.

양이 보내주신 사진은, 얼굴은
오월의 아침 아카샤꽃 청초로
침울한 내 병실에 구원의 마스콧으로 반겨줍니다.

눈물처럼 아름다운 양의 청정무구한 사랑이
회색에 포기한 나의 사랑의 창문을 열었습니다.

그러나 의학을 전공하는 양에게
이 너무나도 또렷한 문둥이 병리학은
모두가 부조리한 것 같고
이 세상에서는 않될 일이라 하겠습니다.

P양
울음이 터집니다.
앞을 바라볼 수 없는 이 사랑을 아끼는
울음을 곱게 끝칩시다.

그리고 차라리 아름답게 잊도록
덧없는 노래를 엮으며
마음이 가도록 그 노래를
눈물 삼키며 부릅시다.

G선의 엘레지가 비탄하는
덧없는 노래를 다시 엮으며

이별이 괴로운 대로
리라꽃 던지고 노래 부릅시다.

* 리라꽃 : 백합

부엉이

미움과 욕으로 일삼는 대낮에는
정녕 조상을 끄려서 차라리 눈을 감는 것이니
약보다는 좋은 효험이라 생각하였다.

부엉이는 또한
싸움으로 일삼는 낮에사
푸른 나무 그늘 바위틈에서
착하디 착하게 명상하는 기쁨이
복이 되곤 했었다.

모든 영혼이 쉬는 밤
또 하나의 생명과 영혼이 태어나는 밤
이 밤이 좋아서 신화는
부엉이를 눈을 뜨게끔 하였다.

어둠 속에서
별이 반짝이며 이슬을 보낸다
나무가 숨 쉬며 바람을 보낸다
꽃이 피려고 향을 훈긴다.

삼방三防에서

사람도 올 수 없이 막았다
구름도 올 수 없이 막았다
바람도 올 수 없이 막았다

그래서 삼방이라 하였는가

하늘을 찌르는 칠전팔도七顚八倒의 험산이
모조리 올 것을 막아버린 천험비경天險祕境에
구비 구비 곡수曲水는 바위에 부딪혀 지옥이 운다.

죽음을 찾어가는 마지막 나의 울음은
고산高山 삼방에 유명幽明을 통곡한다.

죽음을 막는가
바람도 없어라
부엉이는 슬피 우는가

하늘이 쪼각난 천막에
십오야十五夜 달무리는
내 등 뒤에 워을 그린다.

한강수 漢江水

한 오백 년
한강수

서울을 흘러

노래보다는
헐벗은 어머니의
눈물이 많은 푸른 한강수

오백 년
오천 년

종적도 없이
종적도 없이

흘러만 가

한가람 시詩도 없이
아직도 역사歷史 바깥으로만

못다 흐른 물 천리
겨레에 흐르는 메마른 천리 물

물에 뜬 인생이라
강물은 흐른다
세월은 흐른다.

비창悲愴

챠이콥스키의 「비창」이
이 격리된 나요양소에

국경도 없이, 차별도 없이, 또 세균학도 없이
뇌파腦波에 흐흐 느끼어 온다.

지금 나는 옛날 성하던 계절에 서 있고
지금의 나는 여기 있지도 않다.

수없이
떠나려 온 운명의 하류에서
불시 나는 나의 현실을 차 버린다.

두 쪼각 세 쪼각 산산이 깨어진다.

지금
모든 것이 깨어졌다.

챠이콥스키의 「비창」만이
영원으로 가는 것이다.

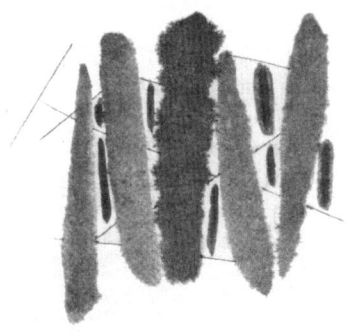

사향

내 고향 함흥은
수수밭 익는 마을

누나가 시집갈 때
가마 타고 그 길로 갔다.

내 고향 함흥은
능금이 빨간 마을
누나가 수줍어할 때
수수밭은 익어간다.

산 가시내

산 두메
하 좁아

앞뒤 산을
빨랫줄 치네

울 아범
뭐 보고

이 산골에
사나

나이 찬 가시내는
뻐꾹새 울면

머리채 칠렁이어
숨만 가쁘네

라일락꽃

라일락꽃
밤하늘의 은별 금별
은하수 흐르는 별

날이 새면
땅 위의
성좌星座 흐르는 별

별들이 꽃핀
라일락꽃

별
라일락꽃
소녀의 눈

눈물겹도록 귀여운 눈
눈동자
반짝이는

사랑
사랑이 너무 진한
라일락꽃

백목련꽃

눈 오는
하늘에서 선녀 오시는

흰 목란꽃

옛 공주님의
연모가

산 하늘 헤매며…

눈물보다 간절한

사춘思春의 노출

여체의 내밀한 개현開顯

유색乳色의 부활, 봄이여

눈 오는
하늘에서 선녀 오시는
백목란꽃

여수旅愁

이 세상 다할 때까지
죽자고 살아보자던 사람

만나보자고 찾던 사람

한번은
만나봤어야 할 사람이었지만
어쩐지
망설였던 사람

세상과 문둥이는 너무도 담이 높아
얼마나 얼마나 많이 울어서 무너뜨려야 할
담이 높아
서로 길이 헛갈리느냐

이제 그 사람을 찾아온
천리 땅 대구大邱 길은

경慶
그 사람은 가고
허전한 여수旅愁는
그런대로 사랑했던 까닭인가.

신설新雪

눈이 오는가

나요양소
인간 공동묘지에
함박눈이 푹 푹 나린다.

추억같이
추억같이

고요히 눈 오는 밤은
추억을 견디야 하는 밤이다
흰 눈이 차가운 흰 눈이
따스한 인정으로 내 몸에 퍼붓는다.

이 백설 천지에
이렇게 머뭇거리며
눈을 맞고만 싶은 밤이다.

눈이 오는가

유형지流刑地
나요양소
인간 공동묘지에

하늘 아득한 하늘에서
흰 편지가 소식처럼
이다지도 마구 오는가

흰 편지 따라 소식 따라
길 떠나고픈 눈 오는 밤이다.

해변에서 부르는 파도의 노래

바다!
억겁을 두고
오늘도 갈매기와 더불어 늙지 않는
너의 청춘

말 못 할 가슴속 신령神靈 같은 파도 소리
한시도 쉴 새 없이 쳐 밀고 쳐 가는 해식사海蝕史,

바다의 꿈은 대기만성인가
영겁永劫을 두고 신념의 투쟁인가
바다는 완성한다
욕망이 침묵하는 그 속에서

황혼이 깃들어
저녁노을의 빛. 빛. 빛
변화가 파도에 번질거린다

추석 달

추석 달은 밝은데

갈대꽃 위에
돌아가신 어머님 환영이 쓰러지고 쓰러지곤 한다.

추석 달은 밝은데
내 조상에
문둥이 장손은 차례茶禮도 없다.

추석 달
추석 달

어처구니없는 팔월 한가위
밝은 달이다.

목마와 숙녀

박인환(1926년~1956)

1926년 강원도 인제군 인제면 상동리에서 출생. 평양 의학 전문학교를 다니다가 8·15 광복을 맞으면서 학업 중단. 종로 2가 낙원동 입구에 서점 '마리서사'를 개업. 1946년(21세) 국제신보에 「거리」라는 작품으로 문단에 등단. 6·25동란이 일어나자, 9·28 수복 때까지 지하 생활을 하다가 가족과 함께 대구로 피난, 부산에서 종군기자로 활동. 경향신문사를 거쳐 대한해운 공사 소속 화물선 사무장으로 미국을 다녀오기도 함. 김경린, 김수영, 임호권, 김병욱 등과 모더니즘 운동에 참여 왕성한 시작 활동을 펼침. 1956년 31세의 짧은 나이로 사망.

朴寅煥 朴寅煥 朴寅煥 朴寅炒

朴寅煥 朴寅煥 朴寅煥 朴寅炒

朴寅煥 朴寅煥 朴寅煥 朴寅炒

朴寅煥 朴寅煥 朴寅煥 朴寅炒

朴寅煥 朴寅煥 朴寅煥 朴寅炒

朴寅煥 朴寅煥 朴寅煥 朴寅炒

朴寅煥 朴寅煥 朴寅煥 朴寅炒

朴寅煥 朴寅煥 朴寅煥 朴寅炒

목마와 숙녀

한 잔의 술을 마시고
우리는 버지니아 울프의 생애와
목마를 타고 떠난 숙녀의 옷자락을 이야기한다.
목마는 주인을 버리고 거저 방울 소리만 울리며
가을 속으로 떠났다. 술병에서 별이 떨어진다.
상심한 별은 내 가슴에 가벼웁게 부서진다.
그러한 잠시 내가 알던 소녀는
정원의 초목 옆에서 자라고
문학이 죽고 인생이 죽고
사랑의 진리마저 애증의 그림자를 버릴 때
목마를 탄 사랑의 사람은 보이지 않는다.
세월은 가고 오는 것
한때는 고립을 피하여 시들어가고
이제 우리는 작별하여야 한다.
술병이 바람에 쓰러지는 소리를 들으며
늙은 여류작가의 눈을 바라다보아야 한다.

……등대에……
불이 보이지 않아도
거저 간직한 페시미즘의 미래를 위하여
우리는 처량한 목마 소리를 기억하여야 한다.
모든 것이 떠나든 죽든
거저 가슴에 남은 희미한 의식을 붙잡고
우리는 버지니아 울프의 서러운 이야기를 들어야 한다.
두 개의 바위 틈을 지나 청춘을 찾은 뱀과 같이
눈을 뜨고 한 잔의 술을 마셔야 한다.
인생은 외롭지도 않고
거저 잡지의 표지처럼 통속하거늘
한탄할 그 무엇이 무서워서 우리는 떠나는 것일까.
목마는 하늘에 있고
방울 소리는 귓전에 철렁거리는데
가을바람 소리는
내 쓰러진 술병 속에서 목메어 우는데.

식민항의 밤

향연의 밤
영사부인領事婦人에게 아시아의 전설을 말했다.

자동차도 인력거도 정차되었으므로
신성한 땅 위를 나는 걸었다.

은행지배인이 동반한 꽃 파는 소녀

그는 일찍이 자기의 몸값보다
꽃값이 비쌌다는 것을 안다.

육전대陸戰隊의 연주회를 듣고 오던 주민은
적개심으로 식민지의 애가를 불렀다.

삼각주의 달빛
백주白晝의 유혈을 밟으며, 찬 해풍이 나의 얼굴을 적신다.

* 육전대(陸戰隊) : 군악대

세 사람의 가족

나와 나의 청순한 아내
여름날 순백한 결혼식이 끝나고
우리는 유행품으로 화려한
상품의 쇼윈도를 바라보며 걸었다.

전쟁이 머물고
평온한 지평에서
모두의 단편적인 기억이
비둘기의 날개처럼 솟아나는 틈을 타서
우리는 내성內省과 회한에의 여행을 떠났다.

평범한 수확收穫의 가을
겨울은 백합처럼 향기를 풍기고 온다.
죽은 사람들은 싸늘한 흙 속에 묻히고
우리의 가족은 세 사람.

* 내성(內省) : 깊이 자기를 돌이켜 봄.

토르소의 그늘 밑에서
나의 불운한 편력인 일기책이 떨고
그 하나하나의 지면紙面은
음울한 회상의 지대로 날아갔다.

아, 창백한 세상과 나의 생애에
종말이 오기 전에
나는 고독한 피로에서
빙하처럼 잠들은 지나간 세월을 위해
시를 써본다.

그러나 창밖
암담한 상가
고통과 구토기 동결된 밤의 쇼윈도
그 곁에는
절망과 기아의 행렬이 밤을 새우고
내일이 온다면
이 정막靜寞의 거리에 폭풍이 분다.

낙하

미끄럼판에서
나는 고독한 아킬레스처럼
불안의 깃발 날리는
땅 위에 떨어졌다
머리 위의 별을 헤아리면서.

그 후 20년
나는 운명의 공원 뒷담 밑으로
영속된 죄의 그림자를 따랐다.

아, 영원히 반복되는
미끄럼판의 승강昇降
친근에의 증오와 또한
불행과 비참과 굴욕에의 반항도 잊고
연기 흐르는 쪽으로 달려가면
오욕의 지난날이 나를 더욱 괴롭힐 뿐.

멀리선 회색 사면斜面과
불안한 밤의 전쟁
인류의 상흔과 고뇌만이 늘고
아무도 인식치 못할
망각이 지상에서
더욱더욱 가라앉아 간다.

처음 미끄럼판에서
내려 달린 쾌감도
미지의 숲속을
나의 청춘과 도주하던 시간도
나의 낙하하는
비극의 그늘에 있다.

영원한 일요일

날개 없는 여신이 죽어버린 아침
나는 폭풍에 싸여
주검의 일요일을 올라간다.

파란 의상을 감은 목사와
죽어가는 놈의
숨 가쁜 울음을 따라
비탈에서 절름거리며 오는
나의 형제들.

절망과 자유로운
모든 것을…

싸늘한 교외의 사구사구砂丘에서
모진 소낙비에 으끄러지며
자라지 못하는 유용식물有用植物.

낡은 회귀의 공포와 함께
예절처럼 떠나 버리는 태양.

수인囚人이여
지금은 희미한 철형凸形의 시간
오늘은 일요일
너희들은 다행하게도
다음날에의
비밀을 갖지 못했다.

절름거리며 교회에 모인 사람과
수족이 완전함에 불구하고
복음도 기도도 없이
떠나가는 사람과

상풍傷風된 사람들이여
영원한 일요일이여.

기적인 현대

장마는 강가에 핀 나의 이름
집 집 굴뚝에서 솟아나는 문명의 안개
'시인' 가엾은 곤충이여
너의 울음이 도시에 들린다.

오래도록 네 욕망은 사라진 회화繪畵
무성한 잡초원에서
환영幻影과 애정과 비벼대던
그 연대의 이름도
허망한 어제 밤 버러지.

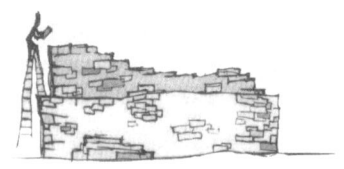

사랑은 조각에 나타난 추억
이녕泥濘과 작별의 여로에서
기대었던 수목은 썩어지고
전신電信처럼 가벼웁고 재빠른
불안한 속력은 어데서 오나.

침묵의 공포와 눈짓하던
그 무렵의 나의 운명은
기적인
동양의 하늘을 헤매고 있다.

* 이녕(泥濘) : 진흙탕 길
* 전신(電信) : 전류·전파를 써서 두 지점 사이에 행하는 통신.

불행한 신

오늘 나는 모든 욕망과
사물에 작별하였습니다.
그래서 더욱 친한 죽음과 가까워집니다.
과거는 무수한 내일에
잠이 들었습니다.
불행한 신
어데서나 나와 함께 사는
불행한 신
당신은 나와 단둘이서
얼굴을 비벼대고 비밀을 터놓고
오해나
인간의 체험이나
고절孤絶된 의식에
후회치 않을 것입니다.
또 다시 우리는 결속되었습니다.
황제의 신하처럼 우리는 죽음을 약속합니다.
지금 저 광장의 전주電柱처럼 우리는 존재됩니다.
쉴 새 없이 내 귀에 울려오는 것은

불행한 신, 당신이 부르시는
폭풍입니다.
그러나 허망한 천지 사이를
내가 있고 엄연히 주검이 가로놓이고
불행한 당신이 있으므로
나는 최후의 안정을 즐깁니다.

* 전주(電柱) : 전신주. 전봇대.

미래의 창부

새로운 신에게

여원 목소리로 바람과 함께
우리는 내일을 약속치 않는다.
승객이 사라진 열차 안에서
오, 그대 미래의 창부여
너의 희망은 나의 오해와
감흥感興만이다.

전쟁이 머물은 정원에
설레이며 다가드는
불운한 편력의 사람들
그 속에 나의 청춘이 자고
절망이 살던
오, 그대 미래의 창부여
너의 욕망은
나의 질투와 발광만이다.

향기 짙은 젖가슴을
총알로 구멍 내고
암흑의 지도地圖 고절된 치마 끝을
피와 눈물과
최후의 생명으로 이끌며
오, 그대 미래의 창부여
너의 목표는 나의 무덤인가.
너의 종말도 영원한 과거인가.

벽

그것은 분명히 어제의 것이다.
나와는 관련이 없는 것이다.
우리들이 헤어질 때에
그것은 너무도 무정하였다.

하루 종일 나는 그것과 만난다.
피하면 피할수록
더욱 접근하는 것
그것은 너무도 불길을 상징하고 있다.
옛날 그 위에 명화가 그려졌다 하여
즐거워하던 예술가들은
모조리 죽었다.

지금 거기엔 파리와
아무도 읽지 않고
아무도 바라보지 않는
격문과 정치 포스터가 붙어 있을 뿐
나와는 아무 인연이 없다.

그것은 감성도 이성도 잃은
멸망의 그림자
그것은 문명과 진화를 장해하는
사탄의 사도
나는 그것이 보기 싫다.
그것이 밤낮으로
나를 가로막기 때문에
나는 한 점의 피도 없이
말라버리고
여왕이 부르시는 노래와
나의 이름도 듣지 못한다.

불신의 사람

나는 바람이 길게 멈출 때
항구의 등불과
그 위대한 의지의 설움이
불멸의 씨를 뿌리는 것을 보았다.

폐에 밀려드는 싸늘한 물결처럼
불신의 사람과 망각의 잠을 이룬다.
피와 외로운 세월과
투영되는 일체의 환상과
시보다도 더욱 가난한 사랑과
떠나는 행복과 같이
속삭이는 바람과
오, 공동묘지에서 퍼덕이는
시발과 종말의 깃발과
지금 밀폐된 이런 세계에서
권태롭게
우리는 무엇을 이야기하는가.

등불이 꺼진 항구에
마지막 조용한 의지의 비는 내리고
내 불신의 사람은 오지 않았다.
내 불신의 사람은 오지 않았다.

눈을 뜨고도

우리들의 섬세한 추억에 관하여
확신할 수 있는 잠시
눈을 뜨고도
볼 수 없는 상태는 어찌할 수가 없었다.

진눈깨비처럼, 아니
이지러진 사랑의 환영처럼
빛나면서도
암흑처럼 다가오는
오늘의 공포
거기 나의 기묘한 청춘은 자고
세월은 간다.

녹슬은 흉부에
잔잔한 물결에 회상과 회한은 없다.

푸른 하늘가를
기나긴 하계夏季의 비는 내렸다.

겨레와 울던 감상의 날도
진실로
눈을 뜨고도 볼 수 없는 상태
우리는 결코
맹목의 시대에 살고 있는 것인가
시력視力은 복종의 그늘을 찾고 있는 것인가.

지금 우수에 잠긴 현창舷窓에 기대어
살아 있는 자의 선택과
죽어간 놈의 침묵처럼
보이지는 않으나 관능과 의지의
믿음만을 원하며
목을 굽히는 우리들
9. 인간의 가치와
조용한 지면地面에 파묻힌 사자死者들.

* 현창(舷窓) : 뱃전에 난 창

또 하나의 환상과
나의 불길한 혐오
참으로 조소로운 인간의 주검과
눈을 뜨고도
볼 수 없는 상태
얼마나 무서운 치욕이냐.
단지 존재와 부재의 사이에서.

센티멘탈 저니

주말여행
엽서… 낙엽
낡은 유행가의 설움에 맞추어
피폐한 소설을 읽던 소녀.

이태백의 달은
울고 떠나고
너는 벽화에 기대어
담배를 피우는 숙녀.

카프리섬의 원정園丁
파이프의 향기를 날려 보내라
이브는 내 마음에 살고
나는 그림자를 잡는다.

세월은 관념
독서는 위장
거저 죽기 싫은 예술가.

오늘이 가고 또 하루가 온들
도시에 분수는 시들고
어제와 지금의 사람은
천상유사天上有事를 모른다.

술을 마시면 즐겁고
비가 내리면 서럽고
분별이여, 구분이여.

수목은 외롭다.
혼자 길을 가는 여자와 같이
정다운 것은 죽고
다리 아래 강은 흐른다.

지금 수목에서 떨어지는 엽서
긴 사연은
구름에 걸린 달 속에 묻히고
우리들은 여행을 떠난다.

주말여행
별 말씀
거저 옛날로 가는 것이다.

아 센티멘탈 저니
센티멘탈 저니.

* 원정(園丁) : 정원사 * 천상유사(天上有事) : 하늘에서 일어나는 일

행복

노인은 육지에서 살았다.
하늘을 바라보며 담배를 피우고
시들은 풀잎에 앉아
손금도 보았다.
차 한 잔을 마시고
정사情死한 여자의 이야기를
신문에서 읽을 때
비둘기는 지붕 위에서 훨훨 날았다.
노인은 한숨도 쉬지 않고
더욱 아무것도 바라지 않으며
성서를 외우고 불을 끈다.
그는 행복이라는 것을 말하지 않았다.
거저 고요히 잠드는 것이다.

노인은 꿈을 꾼다.
여러 친구와 술을 나누고
그들이 죽음의 길을 바라보던 전날을.
노인은 입술에 미소를 띠고
쓰디쓴 감정을 억제할 수가 있다.
그는 지금의 어떠한 순간도
증오할 수가 없었다.
노인은 죽음을 원하기 전에
옛날이 더욱 영원한 것처럼 생각되며
자기와 가까이 있는 것이
멀어져 가는 것을
분간할 수가 있었다.

* 정사(情死) : 사랑하는 남녀가 사랑을 이루지 못해 함께 자살하는 일.

지하실

황갈색 계단을 내려와
모인 사람은
도시의 지평에서 싸우고 왔다.

눈앞에 어리는 푸른 시그널
그러나 떠날 수 없고
모두들 선명한 기억 속에 잠든다.

달빛 아래
우물을 푸던 사람도
지하의 비밀은 알지 못했다.

이미 밤은 기울어져 가고
하늘엔 청춘이 부서져
에머랄드의 불빛이 흐른다.

겨울의 새벽이여
너에게도 지열地熱과 같은 따스함이 있다면
우리의 이름을 불러라.

아직 바람과 같은
속력이 있고
투명한 감각이 좋다.

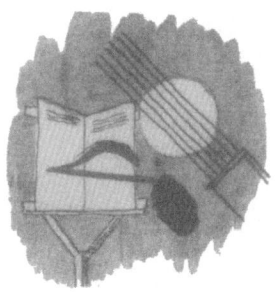

거리

나의 시간에 스콜과 같은 슬픔이 있다.
붉은 지붕 밑으로 향수鄕愁가 광선을 따라가고
한없이 아름다운 계절이
운하의 물결에 씻겨 갔다.

아무 말도 하지 말고
지나간 날의 동화를 운율에 맞춰
거리에 화액花液을 뿌리자
따뜻한 풀잎은 젊은 너의 탄력같이
밤의 지구 밖으로 끌고 간다.
지금 그곳에서는 코코아의 시장이 있고
과실果實처럼 기억만을 아는 너의 음향이 들린다.
소년들은 뒷골목을 지나 교회에 몸을 감춘다.
아세틸렌 냄새는 내가 가는 곳마다
음영같이 따른다.

거리는 매일 맥박을 닮아갔다.
베링 해안 같은 나의 마을이

떨어지는 꽃을 그리워한다.
황혼처럼 장식한 여인들은 언덕을 지나
바다로 가는 거리를 순백한 식장式場으로 만든다.

전정戰庭의 수목 같은 나의 가슴은
베고니아를 끼어 안고 기류 속을 나온다.
망원경으로 보던 수만의 미소를 회색 외투에
싸아
얼은 크리스마스의 밤길로 걸어 보내자.

* 화액(花液) : 꽃 즙 * 전정(戰庭) : 전쟁터

이국 항구

에버렛 이국의 항구
그날 봄비가 내릴 때
돈나 켐벨 잘 있거라.

바람에 펄럭이는 너의 잿빛 머리
열병에 걸린 사람처럼
내 머리는 화끈거린다.

몸부림쳐도 소용없는
사랑이라는 것을 서로 알면서도
젊음의 눈동자는 막지 못하는 것.

처량한 기적
데크에 기대어 담배를 피우고
이제 나는 육지와 작별을 한다.

눈물과 신화의 바다 태평양
주검처럼 어두운 노도를 헤치며
남해호의 우렁찬 엔진은 울린다.

사랑이여 불행한 날이여
이 넓은 바다에서
돈과 캠벨! 불러도 대답은 없다.

새벽 한 시의 시

대낮보다도 눈부신
포오틀란드의 밤거리에
단조로운 글렌 밀러의 랩소디이가 들린다.
쇼윈도에서 울고 있는 마네킹.

앞으로 남지 않은 나의 잠시를 위하여
기념이라고 진피즈를 마시면
녹슬은 가슴과 뇌수에 차디찬 비가 내린다.

나는 돌아가도 친구들이게 얘기할 것이 없구나.
유리로 만든 인간의 묘지와
벽돌과 콘크리트 속에 있던
도시의 계곡에서
흐느껴 울었다는 것 외에는…

천사처럼
나를 매혹시키는 허영의 네온.
너에게는 안구眼球가 없고 정서가 없다.
여기선 인간이 생명을 노래하지 않고
침울한 상념만이 나를 구한다.

바람에 날려온 먼지와 같이
이 이국의 땅에선 나는 하나의 미생물이다.
아니 나는 바람에 날려와
새벽 한 시 기묘한 의식으로
그래도 좋았던
부식된 과거로
돌아가는 것이다.

부드러운 목소리로 이야기할 때

나는 언제나 샘물처럼 흐르는
그러한 인생의 복판에 서서
전쟁이나 금전이나, 나를 괴롭히는 물상物象과
부드러운 목소리로 이야기할 때
한줄기 소낙비는 나의 얼굴을 적신다.

진정코 내가 바라던 하늘과 그 계절은
푸르고 맑은 내 가슴을 눈물로 스치고
한때 청춘과 바꾼 반항도
이젠 서적처럼 불타버렸다.

가고 오는 그러한 제상諸相과 평범 속에서
술과 어지러움을 한恨하는 나는
어느 해 여름처럼 공포에 시달려
지금은 하염없이 죽는다.

사라진 일체의 나의 애욕아
지금 형태도 없이 정신을 잃고
이 쓸쓸한 들판
아니 이지러진 길목 처마 끝에서
부드러운 목소리로 이야기한들
우리들 또 다시 살아나갈 것인가.

정막처럼 잔잔한
그러한 인생의 복판에 서서
여러 남녀와 군인과 또는 학생과
이처럼 쇠퇴한 철없는 시인이
불안이다. 또는 황폐롭다.
부드러운 목소리로 이야기한들
광막한 나와 그대들의 기나긴 종말의 노정은
예나 지금이나 변함없노라.

오, 난해한 세계
복잡한 생활 속에서
이처럼 알기 쉬운 몇 줄의 시와
말라버린 나의 쓰디쓴 기억을 위하여

전쟁이나 사나운 애정을 잊고
넓고도 간혹 좁은 인간의 단상에 서서
내가 부드러운 목소리로 이야기할 때
우리는 서로 만난 것을 탓할 것인가.
우리는 서로 헤어질 것을 원할 것인가.

고향에 가서

갈대만이 한없이 무성한 토지가
지금은 내 고향.

산과 강물은 어느 날의 회화繪畵
피 묻은 전신주 위에
태극기 또는 작업모가 걸렸다.

학교도, 군청도, 내 집도
무수한 포탄의 작렬과 함께
세상엔 없다.

인간이 사라진 고독한 신의 토지
거기 나는 동상처럼 서 있었다.
내 귓전엔 싸늘한 바람이 설레이고
그림자는 망령과도 같이 무섭다.

어려서 그땐 확실히 평화로웠다.
운동장을 뛰다니며

미래와 살던 나와 내 동무들은
지금은 없고
연기 한 줄기 나지 않는다.

황혼 속으로
감상 속으로
차는 달린다.
가슴 속에 흐느끼는 갈대의 소리
그것은 비창悲愴한 합창과도 같다.

밝은 달빛
은하수와 토끼
고향은 어려서 노래 부르던
그것뿐이다.

비 내리는 사경斜傾의 십자가와
아메리카 공병工兵이
나에게 손짓을 해준다.

* 사경(斜徑) : 비탈길

한줄기 눈물도 없이

음산한 잡초가 무성한 들판에
용사가 누워 있었다.
구름 속에 장미가 피고
비둘기는 야전병원 지붕 위에서 울었다.

준엄한 죽음을 기다리는
용사는 대열을 지어
전선으로 나가는 뜨거운 구두 소리를 듣는다.
아, 창문을 닫으시오.

고지 탈환전
제트기 박격포 수류탄
'어머니' 마지막 그가 부를 때
하늘에서 비가 내리기 시작했다.

옛날은 화려한 그림책
한 장 한 장마다 그리운 이야기

만세 소리도 없이 떠나
흰 붕대에 감겨
그는 남모르는 토지에서 죽는다.

한줄기 눈물도 없이
인간이라는 이름으로서
그는 피와 청춘을
자유를 위해 바쳤다.

음산한 잡초가 무성한 들판엔
지금 찾아오는 사람도 없다.

어린 딸에게

기총과 포성의 요란함을 받아가면서
너는 세상에 태어났다. 주검의 세계로
그리하여 너는 잘 울지도 못하고
힘없이 자란다.

엄마는 너를 껴안고 3개월 간에
일곱 번이나 이사를 했다.

서울에 피의 비와
눈바람이 섞여 추위가 닥쳐오던 날
너는 입은 옷도 없이 벌거숭이로
화차貨車 위 별을 헤아리면서 남으로 왔다.

나의 어린 딸이여, 고통스러워도 애소哀訴도 없이
그대로 젖만 먹고 웃으며 자라는, 너는
무엇을 그리우느냐.

* 애소(哀訴) : 슬프게 하소연함

너의 호수처럼 푸른 눈
지금 멀리 적을 격멸하러 바늘처럼 가느다란
기계는 간다. 그러나 그림자는 없다.

엄마는 전쟁이 끝나면, 너를 호강시킨다고 하나
언제 전쟁이 끝날 것이며
나의 어린 딸이여, 너는 언제까지나
행복할 것인가.

전쟁이 끝나면, 너는 더욱 자라고
우리들이 서울에 남은 집에 돌아갈 적에
너는 네가 어데서 태어났는지도 모르는
그런 계집애.

나의 어린 딸이여
너의 고향과 너의 나라가 어데 있느냐
그때까지 너에게 알려 줄 사람이
살아 있을 것인가.

무도회

연기煙氣와 여자들 틈에 끼여
나는 무도회에 나갔다.

밤이 새도록 나는 광란의 춤을 추었다.
어떤 시체를 안고

황제는 불안한 샹들리에와 함께 있었고
모든 물체는 회전하였다.

눈을 뜨니 운하는 흘렀다.
술보다 더욱 진한 피가 흘렀다.

이 시간 전쟁은 나와 관련이 없다.
광란된 의식과 불모의 육체… 그리고
일방적인 대화로 충만된, 나의 무도회.

나는 더욱 밤 속에 가라앉아 간다.
석고의 여자를 힘 있게 껴안고

새벽에 돌아가는 길, 나는 내 친우가
전사한 통지를 받았다.

가을의 유혹

가을은 내 마음에
유혹의 길을 가리킨다
숙녀들과 바람의 이야기를 하면
가을은 다정한 피리를 불면서
회상의 풍경을 지나가는 것이다.

전쟁이 길게 머물은 서울의 노대露臺에서
나는 모딜리아니의 화첩을 뒤척거리며
정막한 하나의 생애의 한시름을
찾아보는 것이다
그러한 순간
가을은 청춘의 그림자처럼 또는
낙엽 모양 나의 발목을 끌고
즐겁고 어두운 사념의 세계로 가는 것이다.

* 노대(露臺) : 테라스, 발코니

즐겁고 어두운 가을의 이야기를 할 때
목 메인 소리로, 나는 사랑의 말을 한다.
그것은 폐원廢院에 있던 벤치에 앉아
고갈된 분수를 바라보며
지금은 죽은 소녀의 팔목을 잡던 것과 같이
쓸쓸한 옛날의 일이며
여름은 느리고 인생은 가고
가을은 또다시 오는 것이다.

회색 양복과 목관악기는 어울리지 않는다.
그저 목을 늘어뜨리고
눈을 감으면
가을의 유혹은 나로 하여금 잊을 수 없는
사랑의 사람으로 한다.
눈물 젖은 눈동자로 앞을 바라보면
인간이 매몰될 낙엽이
바람에 날리어 나의 주변을 휘돌고 있다.

사랑의 Parabola

어제의 날개는 망각 속으로 갔다.
부드러운 소리로 창을 두들기는 햇빛
바람과 공포를 넘고
밤에서 맨발로 오는 오늘의 사람아.

떨리는 손으로 안개 낀 시간을 나는 지켰다.
희미한 등불을 던지고
열지 못할 가슴의 문을 부쉈다.

새벽처럼 지금 행복하다.
주위의 혈액은 살아 있는 인간의 진실로 흐르고
감정의 운하로 표류하던
나의 그림자는 지나간다.

내 사랑아
너는 찬 기후에서 긴 행로를 시작했다. 그러므로
폭풍우도 서슴지 않고 참혹마저 무섭지 않다.

짧은 하루 허나
너와 나의 사랑의 포물선은
권력 없는 지구地球 끝으로
오늘의 위치의 연장선이
노래의 형식처럼 내일로
자유로운 내일로…

구름

어린 생각이 부서진 하늘에
어머니 구름 적은 구름들이
사나운 바람을 벗어난다.

밤비는
구름의 층계를 뛰어내려
우리에게 봄을 알려 주고

모든 것이 생명을 찾았을 때
달빛은 구름 사이로
지상의 행복을 빌어 주었다.

새벽 문을 여니
안개보다 따스한 호흡으로
나를 안아주던 구름이여
시간은 흘러가
네 모습은 또다시 하늘에
어느 곳에서도 바라볼 수 있는

우리의 전형
서로 손 잡고 모이면
크게 한 몸이 되어
산다는 괴로움으로 흘러가는 구름
그러나 자유 속에서
아름다운 석양 옆에서
헤매는 것이
얼마나 좋으니.

전원

I
홀로 새우는 밤이었다.
지난 시인의 걸어온 길을
나의 꿈길에서 부딪혀 본다.
적막한 곳엔 살 수 없고
겨울이면 눈이 쌓일 것이
걱정이다.
시간이 갈수록
바람은 모여들고
한 칸 방은 잘자리도 없이
좁아진다.
밖에는 우수수
낙엽 소리에
나의 몸은
점점 무거워진다.

Ⅱ
풍토의 냄새를
산마루에서 지킨다.
내 가슴보다도
더욱 쓰라린
늙은 농촌의 황혼
언제부터 시작되고
언제 그치는
나의 슬픔인가.
지금 쳐다보기도 싫은
기울어져 가는 만하晩夏
전선 위에서
제비들은 바람처럼
나에게 작별한다.

* 만하(晩夏) : 늦여름

Ⅲ
찾아든 고독 속에서
가까이 들리는
바람 소리를 사랑하다.
창을 부수는 듯
별들이 보였다.
7월의 저무는 전원
시인이 죽고
괴로운 세월은
어디론지 떠났다.
비 나리면
떠난 친구의 목소리가
강물보다도
내 귀에
서늘하게 들리고
여름의 호흡이
쉴 새 없이 눈앞으로 지난다.

IV
절름발이 내 어머니는
삭풍에 쓰러진
고목 옆에서 나를
불렀다.
얼마 지나
부서진 추억을 안고
염소처럼 나는
울었다.
마차가 넘어간
언덕에 앉아
지평에서 걸어오는
옛사람들의
모습을 본다.
생각이 타오르는
연기는
마을을 덮었다.

나의 생애에 흐르는 시간들

나의 생애에 흐르는 시간들
가느다란 일련의 안젤루스

어두워지면 길목에서 울었다.
사랑하는 사람과

숲속에서 들리는 목소리
그의 얼굴은 죽은 시인이었다.

늙은 언덕 밑
피로한 계절과 부서진 악기

모이면 지난날을 이야기한다.
누구나 저만이 슬프다고

가난을 등지고 노래도 잃은
안개 속으로 들어간 사람아

이렇게 밝은 밤이면
빛나는 수목이 그립다.

바람이 찾아와 문은 열리고
찬 눈은 가슴에 떨어진다.

힘없이 반항하던 나는
겨울이라 떠나지 못하겠다.

밤새우는 가로등
무엇을 기다리나.

나도 서 있다.
무한한 과실만 먹고

세월이 가면

지금 그 사람의 이름은 잊었지만
그의 눈동자 입술은
내 가슴에 있어.

바람이 불고
비가 올 때도
나는 저 유리창 밖
가로등 그늘의 밤을 잊지 못하지.

사랑은 가고
과거는 남는 것
여름날의 호숫가
가을의 공원
그 벤치 위에
나뭇잎은 떨어지고
나뭇잎에 흙이 되고
나뭇잎에 덮여서
우리들 사랑이 사라진다 해도.

지금 그 사람 이름은 잊었지만
그의 눈동자 입술은
내 가슴에 있어
내 서늘한 가슴에 있건만.

장미의 온도

나신裸身과 같은 흰 구름이 흐르는 밤
실험실 창밖
과실의 생명은
화폐 모양 권태하고 있다.
밤은 깊어가고
나의 찢어진 애욕은
수목이 방탕하는 포도에 질주한다.

나팔 소리도, 폭풍의 부감俯瞰도
화판花瓣의 모습을 찾으며
무장武裝한 거리를 헤맸다.

태양이 추억을 품고
안벽岸壁을 지나던 아침
요리의 위대한 평범을
Close-up한 원시림의
장미의 온도

* 부감(俯瞰) : 높은 곳에서 아래를 내려다봄 * 안벽(岸壁) : 낭떠러지 물가

아시아의 밤

오상순(1894~1963)

1894년 서울에서 출생. 경신학교 졸업 후 일본 동지사 대학에 입학. 귀국하자 김억, 남궁벽, 황석우 등과 「폐허」 동인으로 문단 생활을 시작함. 조선중앙불교학림, 보성고교 교원 사생활 때에는 직업 주거도 없이 방랑, 참선, 애연의 생활을 계속했다. 6·25동란이 끝나자, 서울 조계사에 기거하면서 유명무명의 문인들과 어울려 청동시대를 열었으며, 유명한 사인첩인 '청동산맥'이 만들어졌다. 1963년 심장병으로 적십자병원에서 사망.

吳相淳　吳相淳　吳相淳　吳相淳

吳相淳　吳相淳　吳相淳　吳相淳

吳相淳　吳相淳　吳相淳　吳相淳

吳相淳　吳相淳　吳相淳　吳相淳

吳相淳　吳相淳　吳相淳　吳相淳

吳相淳　吳相淳　吳相淳　吳相淳

吳相淳　吳相淳　吳相淳　吳相淳

吳相淳　吳相淳　吳相淳　吳相淳

아시아의 마지막 밤 풍경

아시아의 진리는 밤의 진리다

아시아는 밤이 지배한다. 그리고 밤을 다스린다.

밤은 아시아의 마음의 상징이요, 아시아는 밤의 현실이다.

아시아의 밤은 영원의 밤이다, 아시아는 밤의 수태자受胎者이다.

밤은 아시아의 산모요, 산파이다.

아시아는 실로 밤이 낳아 준 선물이다.

밤은 아시아를 지키는 주인이요, 신이다.

아시아는 어둠의 검이 다스리는 나라요, 세계이다.

아시아의 밤은 한없이 깊고 속 모르게 깊다.

밤은 아시아의 심장이다. 아시아의 심장은 밤에 고동한다.

아시아는 밤의 호흡기관이요, 밤은 아시아의 호흡이다.

밤은 아시아의 눈이다, 아시아는 밤을 통해서 일체상을 뚜렷이
본다.

올빼미처럼

밤은 아시아의 귀다, 아시아는 밤에 일체음을 듣는다.

밤은 아시아의 감각이요, 감성이요, 성욕이다.

아시아는 밤에 만유애萬有愛를 느끼고 임을 포용한다.

밤은 아시아의 식욕이다. 아시아의 몸은 밤을 먹고 생성한다.

아시아는 밤에 그 영혼의 양식을 구한다.

맹수처럼…

밤은 아시아의 방순芳醇한 술이다. 아시아는 밤에 취하여 노래하고 춤춘다.

밤은 아시아의 마음이요, 오성悟性이요, 그 행行이다.

아시아의 인식도 예지도 신앙도 모두 밤의 실현이요, 표현이다.

오, 아시아의 마음은 밤의 마음…

아시아의 생리 계통과 정신 체계는 실로 아시아의 밤의 신비적 소산인저

밤은 아시아의 미학美學이요, 종교이다.

밤은 아시아의 유일한 사랑이요, 자랑이요, 보배요, 그 영광이다.

밤은 아시아의 영혼의 궁전이요, 개성의 터요, 성격의 틀이다.

밤은 아시아의 가진 무진장의 보고이다, 마법사의 마술의 보고와
도 같은

밤은 곧 아시아요, 아시아는 곧 밤이다.

아시아의 유구한 생명과 개성과 성격과 역사는 밤의 기록이요

밤 신의 발자취요, 밤의 조화요, 밤의 생명의 창조적 발전사

보라! 아시아의 산하대지와 물상과 풍물과 격과 문화.

유상有相 무상無相의 일체상이 밤의 세례를 받지 않는 자 있는가를,

아시아의 산맥은 아시아의 물의 '리듬'을 상징하고 아시아의 물
의 리듬은 아시아의 밤의 리듬을 상징하고…

아시아의 딸들의 칠흑빛 같은 머리의 흐름은 아시아의 밤의 그윽
한 호흡의 리듬.

한 손으로 지축을 잡아 흔들고 천지를 함토含吐하는 아무리 억세고 사나운 아시아의 사나이라도 그 마음, 어느 구석인지.

숫처녀의 머리털과도 같이 끝 모르게 감돌아드는 밤물결의 흐름 같은 '리듬'의 곡선은 그윽히 서리어 흐르나니

그리고 아시아의 아들들의 자기를 팔아 술과 미美와 한숨을 사는
호탕한 방유성放遊性도 감당키 어려운 이 밤 때문이라 하리라.
밤에 취하고, 밤을 사랑하고, 밤을 즐기고, 밤을 탄미嘆美하고 밤을 숭배하고
밤에 나서 밤에 살고, 밤 속에 죽는 것이 아시아의 운명인가.

아시아의 침묵과, 정밀과, 유적幽寂과, 고담枯淡과, 전아典雅와, 곡선과, 여운과
현회幻晦와 유영幽影과 ,후광과 또 자미滋味, 제호미醍醐味는 아시아의 밤신神들의 향연의 교향곡의 악보인저…
오, 숭엄하고, 유현幽玄하고, 신비롭고, 불가사의한 아시아의 밤이여!

태양은 연소하고, 자격刺激하고, 과장하고, 오만하고, 군림하고, 명령한다.

그리고 남성적이요, 부격父格이요, 적극적이요, 공세적이다.

따라서 물리적이요, 현실적이요, 학문적이요, 자기중심적이요, 투쟁적이요, 물체적이요, 물질적이다.

태양의 아들과 딸은 기승하고, 질투하고, 싸우고, 건설하고, 파괴하고 돌진한다.

백일하에 자신 있게 만유萬有를 분석하고, 해부하고, 종합하고, 통일하고

성할 줄만 알고 쇠하는 줄 모르고 기세 좋게 모험하고, 제작하고, 외치고, 몸부림치고, 피로한다.

차별상에 저회低廻하고 유有의 면面에 고집한다.

여기 뜻 아니 한 비극의 배태胚胎와 탄생이 있다.

달은 냉정하고, 침묵하고, 명상하고, 미소하고, 노래하고, 유화柔和하고, 겸손하고, 애무하고 포용한다.

여성적이요, 자모적慈母的이요, 수동적이요, 수세적이요, 몽환적
이요, 심령적이다.

따라서 현실에 양보하고 몰아적沒我的이요, 희생적이요, 예술적이
요, 정신적이요, 애타적愛他的이요, 평화적이다.

달의 아들과 딸은 시고, 떫고, 멋지고, 집지고, 야취野趣있고, 운치
있고, 아치雅致 있고, 천진하고, 청초하고, 전아典雅하고, 윤택하고,
공상하고, 회의하고, 반성하고, 사랑하고 생산한다.

일체를 정리하고, 조절하고, 조화하고, 영원히 피로를 모른다.

차별상에 고답高踏하고, 혼융混하고, 그리고 무無의 바다에 유영游
泳하고 소일한다.

아시아의 미가 전적이요, 단적이요, 고답적이요, 창고蒼古하고 몽
환적임은 아시아의 밤의 달빛이 스며 있는 까닭이다.

밤과 달을 머금은 미美가 아시아의 미다.

태양이 지배하는 나라의 버들이 태양의 열을 받고 그 기운에 끄을
려 하늘을 꿰뚫을 듯이

넓고 넓은 벌판에 씩씩하게 소리치며 향상하고 엄연히 서 있을
제

수변水邊에 기도드리듯이 머리 숙이고 경건히 서 있는 동방의 버들을 보라.

밤의 정기와 달빛과 이슬의 사랑에 젖어

묵묵히 감사드리며 물의 흐름을 따라 땅으로 땅으로 드리운다.

아시아의 마음은 일광 밑에 용솟음치는 화려한 분수보다도, 밤 어둠 속에 어디서인지 모르게 들릴 듯 말 듯,

그윽이 잔잔히 흐르는 물소리에, 귀 기울이기를 즐겨하고,

서리는 향수보다도, 물속에 천 년 묵은 침향沈香을 사랑하며

꽃을 보고 그 아름다운 색에 취하기보다 꽃의 말 없는 말을 들으려 하고,

흙의 냄새를 맡고 숨은 정욕을 느끼기보담, 흙의 마음을 만지려 한다.

장엄한 해나 달, 그것에보다도 오월 신록의 나뭇잎을 세며 미풍에 고히 흔들려 어른거리며 노니는,

따위의 일광의 그림자나 월광의 그림자의 춤의 운율과 여운에, 그 심장이 놀라며 영혼이 잠 깨는 아시아의 마음.

낮에 눈 뜨기를 게을리하고 밤에 눈 뜨기를 부지런히 하나니, 사물의 진상, 마음의 실상, 보는 자 자신을 보기 위함이라.
　아시아의 마음은
　태양보다 더 밝은 자를 어둠 속에 찾으려 하며
　밑 없는 어둠의 밑을 꿰뚫으려 한다.
　아시아의 안목은
　태양에 눈 부시는 자도 아니요, 어둠에 눈 어둔 자도 아니요, 어둠에 조으는 자도 아니요, 실로 어둠 속에 잠 깨는 자이다.

　어둠의 잠들 제 아시아는 타락한다.
　지금의 아시아는 어둠에 잠들었다.
　어둠의 육체적 고혹蠱惑에 빠져, 취생몽사하는 수면 상태이다.

　태양보다 더 밝은 자, 밤보다 더 어둔 자는 무엇이며, 그 정체는 무엇이며, 어디 있느냐.
　이 물음이 실로 아시아의 교양이요, 학문이요, 영원한 숙제요, 과제이다.

아시아의 교양은 밤의 교양이요, 밤의 단련이요, 밤 자신의 자기 극복이요, 초극이다.

오, 밤 자신의 자기 해탈은 무엇이며, 언제 어디서 어떻게 실현되고 실천되느냐.

여기에 아시아의 교양의 중심 안목이 있다.

이는 자기가 밤 자신이 되어 자기가 자기 자신에게 답할 최후 구경究竟의 물음이다.

이를 입으로 물을 때 묻는 자의 입은 찢어지고

이를 마음으로 답할 때 답하는 자의 마음은 부서진다.

여기 아시아의 비극적 기적적 운명이 있다.

그러면 그것은 무엇이냐.

오, 이 무엇이란, 무엇을 폭파하라.

그 무엇의 벽력으로 이 뮤과 답을 동시에 쳐부수라. 이에 묻는 자는 곧, 답하는 그자이다.

오, 아시아의 비극적 기적!

그리 아니 하려 하되 아니 할 수 없고, 이리 아니 되려 하되 아니 될 수 없음이, 곧 아시아의 어찌할 수 없는 숙명이어니

　용감히 대사일번大死一番, 이 영원의 숙명을 사랑하자.

　오, 무無의 상징인 기나긴 몽마夢魔 같은 아시아의 밤이여, 사라지라.

　오, 유有의 상징인, 아니 무의 상징인 태양아 꺼지라.

　아시아의 기적은 깨지고 불가사의의 비부祕府는 찢어진다.

　보라! 이것이 아시아의 밤 풍경 제1장이다.

* 비부(祕府) : 귀중한 물건을 보관하는 비밀 창고

허무혼虛無魂의 선언

물아
쉬임 없이 끝없이 흘러가는
물아
너는 무슨 뜻이 있어
그와 같이 흐르는가.
이상스레 나의
애를 태운다.
끝 모르는 지경으로 나의 혼을
꾀어간다.
나의 사상의 무애無碍와 감정感情의 자유는
실로 네가 낳아 준 선물이다.
오, 그러나 너는
갑갑다.
너무다 갑갑해서 못 견디겠다.

구름아
하늘에 헤매이는
구름아

허공에 떠서 흘러가는
구름아
형형으로 색색으로
나타났다가는 슬어지고
슬어졌다가는 나타나고
슬어지는 것이 너의 미요, 생명이요,
멸하는 순간이 너의 향락이다.
오, 나도 너와 같이 죽고 싶다.
나는 애타는 가슴을 안고 얼마나 울었던고
슬어져가는 너의 뒤를 따라…
오, 너는 영원의 방랑자
설움 많은 '배가본드'
천성의 거룩한 '데카당'
오, 나는 얼마나 너를 안고
몸부림치며 울었더냐.
오, 그러나 너는
너무도 외롭고 애달프다.
그리고 너무도

반복反覆이 무상타.

흙아
말도 없이 묵묵히 누워 있는
흙아 대지야
너는 순하고 따뜻하고
향기롭고 고요하고 후중하다.
가지가지의 물상을 낳고
일체를 용납하고
일체를 먹어버린다.
소리도 아니 내고 말도 없이…
오, 나의 혼은 얼마나
너를 우리 '어머니'라 불렀던가
나의 혼은 살찌고 기름지고
따뜻한 너의 유방에
매어 달리고자
애련케도 너의 품속에
안기려고 애를 썼던고

어린 애기 모양으로
그러나 흙아, 대지야
이 이단의 혼의 아들을 안아주기에
너는 너무도 갑갑하고 답답하고
감각이 둔하지 아니한가.

바다야
깊고 아득하고 끝없고
위대와 장엄과 유구와 원시성의 상징인
바다야
너는 얼마나
한없는 보이지 아니하는 나라로
나의 혼을 손짓하여 꾀이며
취케 하고 미치게 하였던가.
오, 그러나
너에게도 밑이 있다.
밑바닥에 지탱되어 있는
너도 드디어

나의 혼의 벗은 될 수 없다.

별아
오, 미의 극
경이와 장엄의 비궁祕宮
깊은 계시와 신비의 심연인
별의 바다야
오, 너는 얼마나 깊이
나의 혼을 움직이며 정화하며
상해 메어지려 하는 나의 가슴을
어루만져 주었던가.
너는 진실로 나의 연인이다.
애愛와 미美와 진眞, 그것이다.
그러나
별아, 별의 무리야
나는 싫다.
항상 변함없는 같은 궤도를 돌아다니며 있는
아무리 많다 하여도 한이 있을 너에게 염증이 났다.

사람아

인간아

너는 과시 지상의 꽃이다, 별이다.

우주의 광영- 그 자랑이요

생명의 결정- 그 초점이겠다.

그리고 너는 정녕 위대하다.

하늘에까지 닿을

'바벨'의 탑을 꿈꾸며 실로 싸우며 있다.

절대의 완성과 원만한 행복을 끊임없이 꿈꾸며

쉬임 없이 동경하고 추구하는

인자人子들아

너희들은

자연을 정복하고 신들을 암살하였다 한다.

정녕 그러하다.

오, 그러나

준엄하고 이대異大한 파멸의 '스핑스'

너를 확착攫捉할 때

너의

검은 땅도
붉은 피도
일체의 역사도
끔찍한 자랑도
그 다 무엇인가.

세계의 창조자 된 신아
우주자체 일체 그것인 불佛아
전지와 전능은
너희들의 자만이다.
그러나
너희도 '무엇'이란 것이다.
적어도 '신神'이요, '불佛'이다.
그만큼 너희도 또한
우상이요, 독단이요, 전제다.
그러나 오, 그러나
일체가 다 소용이 없다.
그러므로 나는 참斬하는 것이다.

너희들까지도
허무의 검劍 가지고
허무의 칼!
오! 허무의 칼!

불꽃아
오, 무섭고 거룩한
불꽃아
다 태워라
물도 구름도
흙도 바다도
별도 인간도
신도 불도 또 그밖에
온갖 것을 통털어
오, 그리고
우주에 충만하여 넘치라.

바람아

오, 폭풍아 흑풍아
그 불꽃을
불어 날려라
쓸어 헤치라
몰아 무찔러라
오, 위대한 폭풍아
세계에 충일한 그 불꽃을
오, 그리고
한없고 끝없는
허공에 춤추어 미쳐라.

허무야
오, 허무야
불꽃을 끄고
바람을 죽이라!
그리고 허무야
너는 너 자체를
깨틀어 죽여라!

아시아의 여명黎明

아시아의 밤

오, 아시아의 밤

말없이 묵묵한 아시아의 밤의 허공과도 같은 속 모를 어둠이여.

제왕의 관곽棺槨의 칠빛보다도 검고

폐허의 제단에 엎드려 경건히 머리 숙여

기도드리는 백의의 처녀들의 흐느끼는

그 어깨와 등 위에 물결쳐 흐르는

머리털의 빛깔보다도 짙으게 검은 아시아의 밤

오, 아시아의 밤의 속모를

어둠의 깊이여.

아시아의 땅!

오, 아시아의 땅!

몇 번이고 영혼의 태양이 뜨고 몰沒한 이 땅

찬란한 문화의 꽃이 피고 진 이 땅!

역사의 추축樞軸을 잡아 돌리던

주인공들의 수많은 시체가

이 땅 밑에 누워 있음이여.

오, 그러나
이제 이단과 사탄에게 침해되고
유린된 세기말의 아시아의 땅
살육殺戮의 피로 물들인
끔찍한 아시아의 바다빛이여.

아시아의 사나이들의 힘찬 고환睾丸은
요귀妖鬼의 어금니에 걸리고
아시아의 처녀들의 신성한 유방은
독사의 이빨에 내맡겨졌어라.

오, 아시아의 비극의 밤이여
오, 아시아의 비극의 밤은
길기도 하여라.

하늘은 한없이 높고 땅은 두텁고
융륭隆隆한 산악 울창한 삼림
바다는 깊고 호수는 푸르르고

들은 열리고 사막은 끝없고
태양은 유달리 빛나고

산에는 산의 보물
바다에는 바다의 보물
유풍裕豐하고 향기로운 땅의 보물
무궁무진한 아시아의 천혜!

만고의 비밀과, 경이와 기적과, 신비와
도취와 명상과 침묵의 구현체인
아시아!
철학미답哲學未踏의 비경

돈오미도頓悟未到의 성지 대아시아!
독주毒酒와 아편과 미美와 선禪과
무궁한 자존과 무한한 오욕
축복과 저주와 상반한
기나긴 아시아의 업業이여.

끝없는 준순逡巡과 미몽迷夢과 도회韜晦와
회의와 고민의 상암常闇이여
오, 아시아의 운명의 밤이여
이제 우리들은 부르노니
새벽을!
이제 우리들은 외치노니
우뢰를!
이제 우리들은 비노니

이 밤을 분쇄할 벽력霹靂을!

오, 기나긴 신음의 병상!
몽마夢魔에 눌렸던 아시아의 사자獅子는
지금 잠 깨고
유폐되었던 땅 밑의 태양은 움직인다.
오, 태양이 움직인다.
오, 먼동이 터온다.

미신과 마술과 명상과 도취와 향락과
탐닉에 준동하는 그대들이여
이제 그대들의 미녀를 목 베고
독주의 잔을 땅에 쳐부수고
아편阿片대를 꺾어 버리고
선상禪床을 박차고 일어서라
자업자득하고 자승자박한
계박繫縛의 쇠사슬을 끊고
유폐幽閉의 땅 밑에서 일어서 나오라.

이제 여명의 서광은 서린다
지평선 저쪽에
힘차게 붉은 조광朝光은
아시아의 하늘에 거룩하게 비추어
오, 새 세기의 동이 튼다.
아시아의 밤이 동튼다
오, 웅혼하고 장엄하고 영원한
아시아의 길이

끝없이 높고 깊고 멀고 길고
아름다운 동방의 길이
다시 우리들을 부른다.

* 계박(繫縛) : 얽어맴, 결박

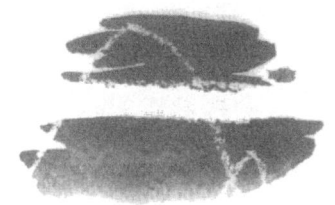

폐허의 제단

해는 넘어가다
폐허 위에
무심히도
해는 넘어가다.

호흡이 거칠고
혈맥이 뛰노는
순난殉難의 아픔
함께 받는 흰옷의 무리들
입을 닫고
눈을 감고
폐허제단 밑에 엎드려
심장 울리는
세계가 무너져 버릴 듯한
그 신음을 들으라.

넘어가는 햇빛을 맞아
폐허의 허공을 꿰뚫어

짝 없이 호올로 서 있는
차디찬 옛 영광의
궁전의 돌기둥 하나
그를 두 팔로 껴안고
숨을 끊고 눈감는 자여!
마른 덩굴, 이끼에 서린
폐허의 옛 성 두 손으로 어루만지며
소리도 마음대로 내이지 못하고
느껴 우는 흰옷의 무리여!

당홍색唐紅色 저고리 입은 어린이의
터질 듯이 살찐 손목 이끌고
구름에 잠겨 있는 폐허의 제단 향하는
짚신 신은 늙은 할아버지의
땅 위로 내리깐 양미간!
저녁해 나머지 빛에 서리는 그의 이마 위의
칼자국 같은 주름살!
폐허의 제단에 엎드려 애소하는

남아男兒들의 등 위에는 땀이 용솟음치고
머리에는 타는 듯한 김의 연기 서리도다

폐허의 제단에 길이 넘는 검은 머리 풀고
맨발로 소복 입은 처녀들의
말도 없이 경건히 드리는
목단향木壇香과 기름등불은
죽음같이 소리 없는 폐허의 하늘
바람 한 점 아니 이는데
끝도 밑도 없는 깊은 밤 어둠 속에
아프게도 우울하고 단조하고도 끊임없는
곡선의 가는 흰 길을 찾아 허공에
헤매이다, 헤매이다!
꿈나라의 한숨같이 그윽히도 가는 향의 곡선은
헤매이다, 헤매이다.

타는 가슴

쥐어뜯어도
시원치 못한
이내 가슴

애매한 궐련초에
불을 붙인다
피울 줄도 모르면서

나의 가슴속
무겁게 잠긴
애수, 억울, 고뇌
뿌연 안갯가루
묻혀 내어다
허공중에 뿌려다오
씻어내 다오

나의 입속에
빨려 들어오는
연기야
나와 함께 사라져다오.

유완柔緩히 말려 올라가는
가늘고 고운 은자색의
연기야
나의 가슴속 깊은 곳에
질서 없이 엉긴
피 묻은

마음의 실뭉텅이
금새 스러져 버릴
너의 고운
운명의 실 끝에
가만히 이여다가
풀어다오.

허공중에 흔적도 없이
담배는 다 탔다.
나의 가슴은 여전하다.
또 하나
또 하나
연달아 붙여 문다.
그러나
연기만 사라지고
나의 가슴은
더욱 무거워진다.
아
불
불
나의 가슴에
불을 질러라
불을 질러라.

어둠을 치는 자

바닷속처럼 깊은 밤
주검같이 고요한 어둠의 밤
희랍 조각에 보는 듯한
완강히 용솟음치는 골육의 주인
젊음에 타는 그는
그 어둠 한가운데에
끝없고 한없이 넓은 벌판 대지 위에
꺼질 듯이
두 발을 벌려 딛고 서서
힘의 상징, 우옹牛翁 같은 그의 팔!
무쇠로 만든 것 같은
그 손을 주먹 쥐어
터질 듯이 긴장하게
부술듯한 확신 있는 모양으로
어둠을 치도다, 허공을 치도다!
그리고
어둠과 허공을 깊이 잠근
안개의 바다를 치도다.

잠기어 나리는 안개는
퍼부어 흐르는 땀과 한가지로
그의 몸 위에 타도다!
밑 모르는 불꽃에 닿는
힘없는 이슬의 모양으로
어둠과 허공의 비밀 부수는 듯한
그의 '침'은 끊임없이
치고 치고, 또 치도다.

안개의 바다는 점차로
스러지도다.
그리고
그 어둠의 빛은 어느덧
멀리 희미하게 변해 오도다.

오, 힘의 상징!
'침'의 용사는
그 변해 오는

어둠과 공허의 벌판과 대지 위에
넘어가도다!
오! 그는
쓰러지다!
산속의 거목같이….

오, 대지는
이상한 소리로 오도다.
어둠과 허공은
알 수 없는 춤을 추며
알 수 없는 웃음을 웃도다.

오, 저 대지의 끝으로부터
고요히 발자욱 소리도 없이
넘어오는 여명을
영원한 서광의 서림은
위대한 싸움으로 쓰러진
젊은 용사의 모양을

대지 위에 발견하고는 그 순간에
그의 시체를 안아 싸도다.
고요히 소리도 없이
그를 조상하는 듯
그를 축복하는 듯….

그의 몸은 벌써
돌같이 굳어져 버렸으나
그의 입술 위에는 오히려
미진한 나머지의 표정이 서리도다.

오, 이대異大한 어둠은 가도다
오, 위대한 서광은 오도다.

한잔 술

나그네 주인이여, 평안하신고
곁에 앉아 술단지 그럴 법 허이
한 잔 가득 부어서 이리 보내게
한잔 한잔, 또 한잔 저 달 마시자.
오늘 해도 저물고 갈 길은 머네
꿈같은 나그넷길 멀기도 허이!

나그네 주인이여 이거 어인 일
한잔 한잔 또 한잔 끝도 없거니
심산유곡 옥천玉泉샘에 홈을 대었나
지하 천척千尺 수맥에 줄기를 쳤나
바다는 말릴망정 이 술단지사
꿈같은 나그넷길 멀기도 허이!

나그네 주인이여, 좋기도 허이
수양垂楊은 말이 없고 달이 둥근데
한잔 한잔, 또 한잔 채우는 마음
한잔 한잔, 또 한잔 비우는 마음

길가에 펴난 꽃아 설어를 말아
꿈같은 나그넷길 멀기도 허이!

나그네 주인이여, 한 잔 더 치게
한잔 한잔, 또 한잔 한잔이 한잔
한잔 한잔, 또 한잔 석 잔이 한잔
아홉 잔도, 또 한잔 한잔 한없이
한없는 잔이언만, 한잔에 차네
꿈같은 나그넷길 멀기도 허이!

나그네 주인이여, 설기도 허이
속 깊은 이 한잔을 누구와 마셔
동해바다 다 켜도 시원치 않을
끝없는 나그넷길 한恨 깊은 설움
꿈인 양 달래보는 하염없는 잔
꿈같은 나그넷길 멀기도 허이!

일진一塵

나는 하나의 티끌이다.
이 하나의 티끌 속에
우주를 포장하고
무한한 공간을
끝없이 움직여 달린다.

나는 한 알의 원자이다.
이 한 알의 원자 속에
육합六合을 배태하고
영원한 시간을
끊임없이 흐른다.

나는 하나의 티끌 한 알의 원자
하나의 티끌 한 알의 원자인 나는
우주와 꼭 같은 생리와 정혼精魂을
내포한 채
감각을 감각하고
지각을 지각하고
감정을 감정하고
의욕을 의욕하고
우주의 호흡을 호흡하고
우주의 맥박을 맥박하고
우주의 심장을 고동하나니

한 티끌의 심장의 고동의 도수에 따라
일월성신과 지구가 움직여 돌아가고
바다의 조류가 고저하고
산악의 호흡이 신축한다.

오! 그러나, 그러나
한번 감정이 역류하여 노기를 띠고
한데 뭉쳐 터지면
황홀하고 신비한 광채의 무지개 찬란한 속에
우주는 폭발하여 무無로 환원하니

오!
일진의 절대 불가사의한 운명이여!
오!
일진의 절대 신비한 운명이요!

나와 시와 담배

나와 시詩와 담배는
이음異音 동곡同曲의 삼위일체

나와 내 시혼은
곤곤滾滾히 샘솟는 연기

끝없는 곡선의 선율을 타고
영원히 푸른 하늘 품속으로
각각 물들어 스며든다.

나의 스케치

나의 귀는 소라인 양
항상 파도 소리의 그윽한 여운을 못 잊고

나의 눈은 올빼미인 양
고동하는 밤의 심장을 노린다.

나의 코는 사냥개 마냥
사향의 지나간 자취를 따라
심산과 유곡을 더듬어 헤매이고

나의 입은 거북 마냥
담배 연기 안개를 피워
일체의 잡음과 부조리와
일체의 중압과 불여의를
가슴 깊이 안은 채

나와 나 아닌 것의 위치와 거리와 간격을
자유로 도회韜晦하고 조절하여
하나의 조화의 세계를 창조하여
그 제호미醍醐味에 잠긴다.

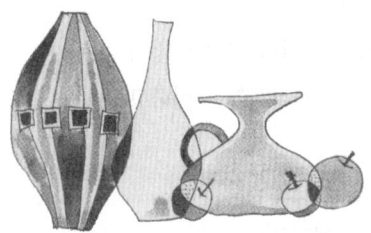

한 마리 벌레

나는 본시 단세포 아메바
지금은 육안에 보이지도 않는 지극히 미미한
한 마리의 벌레 정충精蟲이다.
고도의 현미경으로도, 겨우 발견될둥 말둥한 미생물

그 얄궂은 미생물의 수없는 분열과 통일
통일과 분열
그리고 또 분열과 통일 활동의 발전 과정을 밟아
드디어 우주를 상징한 완전한 조직체를 구성하고
우주의 초점인 양
우주를 대표하는 우주의 주인공으로서
그 놀라웁고 엄청난 총명과 예지와
의욕은 구경
우주의 단세포인 원자를 발견하고
그 원자를 파괴하여
무無로 돌릴 수 있는 이법理法을 발명하고 재주를 부림으로써
두렵고 끔찍한 천재적 마력의 비밀을
여지없이 발휘하고 폭로하였거니

오! 한 마리 벌레의 절대한 마력이여!

오! 명일明日의 우주와 인류의 새로운 운명을 창조하고 개척할 자

그 누구이뇨

오! 역시, 나 너 한 마리 벌레인저!

방랑의 마음 · 1

흐름 위에
보금자리 친
오, 흐름 위에 보금자리 친
나의 혼

바다 없는 곳에서
바다를 연모한 나머지에
눈을 감고 마음속에
바다를 그려보다
가만히 앉아서 때를 잃고…

옛 성 위에 발돋움하고
돌 너머 산 너머 보이는 듯 마는 듯
어릿거리는 바다를 바라보다
해지는 줄도 모르고

바다를 마음에 불러일으켜
가만히 응시하고 있으면
깊은 바닷소리
나의 피의 조류를 통하여 오도다.

망망한 푸른 해원海原
마음눈에 펴서 열리는 때에
안개 같은 바다와 향기
코에 서리도다.

방랑의 마음 · 2

나그네의 마음
오, 영원한 방랑에의
나그네의 마음
방랑의 품속에
깃들인 나의 마음

나는 운다.
모든 것이 다 있는 그 세계 보고
나는 운다.
모든 것이 다 없는 그 세계 보고
나는 운다.
한없는 그 세계 보고
나는 운다.
한 있는 그 세계 보고
나는 운다.
유와 무가 교차하여 돌아가는 그 세계 보고

나는 운다.

생과 사가 서로 스쳐가는 지나가는 그 세계 보고

나는 운다.

나의 육신의 발이 밑 있는 세계에 닿을 때

나는 운다.

나의 영혼의 발이 밑 없는 세계에 스쳐 헤매일 때

나는 운다.

오, 밑 없고도 알 수 없는 웃음

나는 운다.

몽환夢幻 시

다섯 자 육괴肉塊 속에
육肉의 피는 끓고
영靈의 불꽃은 탄다.
고통과 번뇌를 못 견디는 나
대령大靈의 무형한 공기펌프를 빌어
전신의 피를 모두 다
뽑아 짜내어
투명 순백한 옥화병玉花柄 속에 넣어
쇠마개로 봉하여
공중에 매단다.
영의 불꽃은 여전히
맹렬한 기세로 공중으로 타오른다
무슨 원수나 갚으려는 듯이
독사의 혀 같은, 그 혀로
옥화병을 핥는다.
병 속의 피가 기름같이 끓더니

봉한 쇠 마개가 녹아 흘러내려
피에 섞어서 한참 바글바글 끓더니
보라!
그 병구瓶口에 무슨 꽃 모양이
희미하게 나타난다.
아아, 절미방순絶美芳醇한
백합화 한 송이
우주 창조의 시대에
파라다이스 동산에 피었던 그것 같은
또 보라!
불꽃의 춤과 탐이 심하면 심할수록
그 백합화는
맹렬하고 아름다운 불꽃의
춤과 곡을 따라 하늘에 떠올라서는
간 곳 없이 자취 없이 사라지고
사라진 자국에서, 그 모양 같은

다른 백합화가 또 피어오른다.
불꽃의 가는 노래의 리듬을 따라
붓 뚜껑에
비눗물 묻혀 불 때에 모양으로
수없이
피어오르곤 사라지고
사라지곤 피어오르고

아아, 그리고 또 보라!
사라져 가는 그- 백합화 속에
나의 이미지象가
레테르같이 몽환夢幻처럼 피어난다.
아아,
나의 혼도 의식도, 꽃 속의 나의 이미지로
옮겨가는 듯하던 순간
내가 꽃 속에서 꿈같은 가운데
희미하게 아래를 내려다보니

피와 불꽃의 싸움에
못 견디던 나의 육괴는
흙빛처럼 까맣게 타서
그 꽃에 빗겨 누웠다!
타오르는 불꽃의 춤을 따라
피는 순간에 사라져 가는 백합화의
애닲은 노래
웃는 가슴에 싸여
수없이 공중에 사라져가는 흔적도 없이
나의 이미지!
꿈?
……
환멸의 미美?

해바라기

해바라기!

너는 무삼 억겁의 어둠에 시달린 족속의 정령이기에
빛과 열과 생명의 원천! 또 그 모체 태양이 얼마나 그리웁고 핏줄
기 땡기었으면
너 자신 이글이글 빛나는 화려한 태양의 모습을 닮아
그 뉘 알 길 없는 영겁의 원풀이를 위함인가.
저 모양 색신色身을 쓰고 나타났으리.

태양이 꺼진 밤이면 청상스럽게도
목고개를 힘없이 떨어뜨리고
몽마夢魔처럼 그 속 모를 침울한 향수에 사로잡혀
죽은 듯 무색하다가도

저 멀리 먼동이 트기 시작하면
미몽迷夢에서 깨어나듯 기적같이 생동하여
홀연! 활기 띠우고 찬란히 빛나며

태양이 가는 방향의 뒤를 곧장 따라
고개 들어 돌아가기에 바쁘면서도
얼굴은 노상 다소곳이 숙으려 수줍은 요조窈窕인 양
한없이 솟아오르는 그리움과 반가움의 심정 주체 못하는고녀!

오! 너는 무삼 뜻 있어
인간의 생리와 표정과 꼭같은
그 속 모르게 수집고 은근하고 향기롭고 화려하고
아아, 황홀한 미소! 넘쳐흐르도록 발산하여
영원히 불타는 태양의 입맞춤과
포옹을 사뭇 유혹하고 강요하는 것이뇨.

빛과 사랑과 생명에 주린 넋! 불붙는 정열을 다하여
태양을 겨누어 속에서 복받쳐 샘솟고 해일처럼 부풀어 오르는
사람의 겁화劫火 다 쏟아 연소해 버리는
신과도 같은 사랑과 정열과 창조 의욕의 결정체!
너 해바라기의 비장한 운명의 미美여!

이윽고
거룩한 태양의 씨앗을 받아
부풀어 터지도록 가슴에 품어 안고
한 찰나 한순간인 듯 짧고 긴 세월의
화려하고 찬란하던 그 화판花瓣도, 이파리도
하나둘 시들어 땅에 떨어지면
태양의 분신인 양 그 호사스럽던 빛깔도 열도 어느덧 사라져
태고 설화說話의 옛일인 듯, 그 자취 찾을 길 없고
여위고 뼈 마른 어느 거인巨人의 짝지 모양
불붙어 다한 정열의 잔재殘滓, 그 상징적 결정체
너 영원히 비밀한 생명의 역사를 새긴 기념비!
올연히 창공을 꿰뚫어 버티고

이제 나의 지극한 염원과 목적을 달성했다는 듯
나의 일은 이미 끝났다는 듯
아낌없고 남김없이 자족하여
대오大悟 철저한 고승高僧의 그것과도 같이

뽀얗게 서리 앉은 머리 경건히 숙여
엄연하고 고고하고 태연한 너 해바라기의
줄기찬 자세여!

오! 불보다, 태양보다, 빛보다, 어둠보다
생명보다도, 또 죽음보다도
더 두렵고 심각한 너 해바라기의
속 모를 사랑의 연원淵源이여!
불멸의 정열이여!

오! 해바라기
너 정녕
태초 생명과 그 사랑을 더불어
영원 상념의 원천인 절대 신비한 대자연!
생명의 핵심! 그 권화權化요, 화신이 아니런가!

첫날밤

어어 밤은 깊어
화촉동방華燭洞房의 촛불은 꺼졌다.
허영의 의상은 그림자마저 사라지고…

그 청춘의 알몸이
깊은 어둠 바다 속에서
어족魚族인 양 노니는데
홀연 그윽히 들리는 소리 있어,

아야, 야!
태초 생명의 비밀 터지는 소리
한 생명 무궁한 생명으로 통하는 소리
열반涅槃의 문 열리는 소리
오오, 구원의 성모 현빈玄牝이여!

머언 하늘의 뭇 성좌는
이 밤을 위하여 새로 빛날진저!

밤은 새벽을 배孕胎고
침침히 깊어간다.

새 하늘이 열리는 소리

낙엽을 밟으며
거리를 가도
서럽잖은 눈망울은
사슴을 닮고

높은 하늘 속
날개 펴고 훠얼 훠얼
날으고 싶은
맑은 서정은 구름을 닮아라.

바람을 타지 않는
어린 갈대들

물결이 거슬려 흘러도
매운 연기가 억수로 휩쓸어도
미움을 모르는 가슴은
산을 닮았다

바다를 닮았다.
하늘을 닮았다.

......

이 밤
생각에 지치고
외로움에 지치고
슬픔에 지치고
사랑에 지치고
그리고
삶에 지친
모든 마음들이 이리로 오면
생각이 트이고
외로움이 걷히고
슬픔이 걷히고
사랑이 열리고.

그리고
새 삶의 길이 보이리니
그것은 어쩌면 하늘의 목소리
오오,
이 밤의 향연이여
새 하늘이
열리는 소리여.

가위쇠

바느질하던 나의 누이
「오라버니, 그게 웨 그러오?」
10년 전에 어머니 쓰시던
가위를 들어 코에 대었다네.
어머니 살내음
호기나 남아 있을까 하고
무심중에.

녹원鹿苑의 여명

서라벌에 눈이 내린다.
사슴들이 언덕을 오른다.

서라벌의 마지막 밤은 깊고
일체를 전화轉化하는
봉덕사奉德寺의 종소리

석굴암에 거룩히 서리는
대불大佛의 숨결은
아직 이마에 찬데

찬란히 터오는
동해의 새벽 언덕에 서서
조용히 손을 모으는
아아, 새로운 목숨들이여.

서라벌에 봄을 밴 눈이 쌓인다.
사슴들이 언덕을 오른다.

혁명

하늘
땅
사람
불!

사슴의 노래

노천명(1912~1957)

1912년 황해도 장단에서 태어남. 홍역으로 사경을 넘었다 하여 천명(天命)으로 개명. 진명여고와 이화여대 영문과를 졸업한 후 조선중앙일보 학예부 기자로 입사. 그 후 조선일보, 매일신보, 서울신문사 등을 전전하며, 처녀시집 『장호림』, 제2시집 『창변』, 제3시집 『별을 쳐다보며』를 펴냈다. 중앙방송국에 근무하면서 모윤숙과 친교를 맺었다. 병약한 일상에서 1957년 46세의 나이로 누하동 자택에서 운명.

盧天命 盧天命 盧天命 盧天命

盧天命 盧天命 盧天命 盧天命

盧天命 盧天命 盧天命 盧天命

盧天命 盧天命 盧天命 盧天命

盧天命 盧天命 盧天命 盧天命

盧天命 盧天命 盧天命 盧天命

盧天命 盧天命 盧天命 盧天命

盧天命 盧天命 盧天命 盧天命

사슴

모가지가 길어서 슬픈 짐승이여
언제나 점잖은 편 말이 없구나
관이 향기로운 너는
무척 높은 족속이었나 보다.

물속의 제 그림자를 들여다보고
잃었던 전설을 생각해 내고는
어찌할 수 없는 향수에
슬픈 모가지를 하고 먼 데 산을 바라본다.

흰 오후

1호실에 그들이 나를 맡기고 간지 며칠 만에
두 소녀가 있는 내 집 안방이 이렇게도 그리울 수야.

바람도 나를 삼킬 기세로
잉잉대고 관 속 같은 흰 방안에
총에 맞은 메추리 모양
나가 엎드렸다.

태양이 싸늘하니 부서지는 병상 위
무섭게 자리 잡은 나의 공포여
엄숙한 눈동자로 창밖을 내다본다.

아무도 동행해 줄 수 없는 이 길에서야
나 온종일 성모 마리아를 찾는구나
항시 함께 계셔주는 이 있거늘
나 모르고 살아온 고독의 날들

아무도 나와 같이 해주지 않을 때
말없이 옆에서 부축해 주는 이
인자하신 어머니, 성모 마리아여.

길

솔밭 사이로, 솔밭 사이로 들어가자면
불빛이 흘러나오는 고가古家가 보였다.

거기
벌레 우는 가을이 있었다.
벌판에 눈 덮인 달밤도 있었다.

흰 나리꽃이 향을 토하는 저녁
손길이 흰 삶들은
꽃술을 따 문 병풍의 사슴을 얘기했다.

솔밭 사이로 솔밭 사이로 걸어가자면
지금도 전설처럼
고가엔 불빛이 보이련만

몸은 소스라침은
숱한 이야기들이 머리를 들어서.

* 고가(古家) : 오래된 집

농가의 새해

흙을 사랑하는 사람들
일생 흙에 산다.

논이랑 밭이랑, 내가 보어는 푸른 들녘은
어느 보화보다 좋고

흙은 그대로 아름다운 것
향기 누우러니 흰옷에 배어다.

초가집 도란도란 이웃해 앉아
이 아침 저들은
농가의 새해를 마른다.

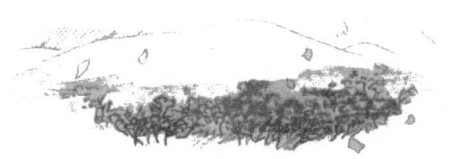

생가生家

뒤울안 보리수 열매가 붉어 오면
앞산에서 뻐꾸기 울었다.
해마다 다른 까치가 와 집을 짓는다는
앞마당 아라사 버들은 키가 커 늘 쳐다뵀다.

아랫말과 웃동리가 넓어 뵈는 촌에선
단오의 명절이 한껏 즐겁고
모닥불에 강냉이를 튀겨 먹든 아이들
곧잘 하늘의 별세기를 내기했다.

강가에서 갯川 비린내가 유난히
풍겨오는 저녁엔 비가 온다는
늙은이의 천기예보天氣豫報는 틀린 적이 없었다.

도적이 들고 난 새벽처럼 호젓한 밤
개 짖는 소리가 덜 좋아
이불 속으로 들어가 묻히는 밤이 있었다.

* 천기예보天氣豫報 : 일기 예보

눈보라

눈보라 속에 네거리 사람들은
오지 고, 스톱을 몰라 당황해 한다.

동상 하나 못 선 로터리에도
눈이 오니 괜찮다.

이런 날도 뜨거운 창안에서
사무를 생각해야 하는 사람들이 있겠다.

눈이 펑펑 쏟아지면
내 속에선 사과꽃이 핀다.
이대로 걸음이 내 집을 향해선 안 된다.
어디로 가야만 하겠다.
누구와 더불어 얘기를 해야만 될 것 같다.

고향

언제든 가리
마지막엔 돌아가리
목화꽃이 고운 내 고향으로
조밥이 맛있는 내 본향으로

아이들 하눌타리 따는 길머리엔
학림사鶴林寺 가는 달구지가 조을며 지나가고
대낮에 여우가 우는 산골
등잔 밑에서
딸에게 편지 쓰는 어머니도 있었다.
동굴레산에 올라 무릇을 캐고
접중화 싱아 뻐국채 장구채 범부채
마주재 기룩이 도라지 체니 곰방대
곰취 참두릅 개두릅 홋잎나물을
뜯는 소녀들은
말끝마다 꽈 소리를 찾고
개암 쌀을 까며 소녀들은
금방망이 은방망이 놓고간

도깨비 얘기를 즐겼다.
목사가 없는 교회당
회당지기 전도사가 강도상을 치며
설교하는 산골이 문득 그리워
아프리카서 온 반마斑馬처럼
향수에 잠기는 날이 있다.

언제든 가리
나중엔 고향 가 살다 죽으리
메밀꽃이 하얗게 피는 곳
나뭇짐에 함박꽃을 꺾어오던 총각들
서울 구경이 원이더니
차를 타보지 못한 채 마을을 지키겠네.

꿈이면 보는 낯익은 동리
우거진 덤불에서
찔레순을 꺾다 나면 꿈이었다.

* 반마(斑馬) : 얼룩말

희망

꽃술이 바람에 고갯짓하고
숲들 사뭇 우짖습니다.

그대가 오신다는 기별만 같아
치맛자락 풀덤불에 긁히며
그대를 맞으러 나왔습니다.

내 남자에 산호珊瑚잠 하나 못 꽂고
실안개 도는 갑사치마도 못 걸친 채
그대 황홀히 나를 맞아주겠거니
오신다는 길가에 나왔습니다.

저 산말낭에 그대가 금시 나타날 것만 같습니다.
녹음 사이 당신의 말굽소리가 들리는 것 같습니다.
내 가슴이 왜 갑자기 설렙니까.

꽃다발을 샘물에 축이며 축이며
산마루를 쳐다보고 또 쳐다봅니다.

동경

내 마음은 늘 타고 있소.
무엇을 향해선가.

아득한 곳에 손을 휘저어 보오.
발과 손이 매여 있음도 잊고
나는 숨 가삐 허덕여보오.

일찍이 그는 피리를 불었소
피리 소리가 어디서 나는지, 나는 몰라
예서 난다지… 제서 난다지…

어디엔지, 내가 갈 수 있는 곳인지도 몰라.
하나 아득한 저곳에
무엇이 있는 것만 같애
내 마음은 그칠 줄 모르고 타고 또 타오.

아름다운 얘기를 하자

아름다운 얘기를 좀 하자
별이 자꾸 우리를 보지 않느냐.

닷돈짜리 왜떡을 사 먹을 제도
살구꽃이 환한 마을에서, 우리는 정답게 지냈다.

성황당 고개를 넘으면서도
우리 서로 의지하면 든든했다.
하필 옛날이 그리울 것이냐만
네 안에도 내 속에도 시방은
귀신이 뿔을 돋쳤기에.

병든 너는, 내 그림자
미운 네 꼴은 또 하나의 나

어쩌자는 애기냐, 너는 어쩌자는 애기냐
별이 자꾸 우리를 보지 않느냐
아름다운 애기를 좀 하자.

국경의 밤

엊그제도 이 호지胡地에선 비적匪賊이 났단다.
먼 데 개들이 불안스레 짖는 밤
허름한 방안엔 사모바르의 끓는 소리가
화롯가에 높고…

잠은 머얼고
재도 장난할 수 없는 마음
온밤 사모바르의 물연기를 응시하며
독수리 같은 어떤 인생을 풀어 보다.

돌아오는 길

차마 못 봐 돌아서 오며 듣는 기차 소리는
한나절 산골의 당나귀 울음보다 더 처량했다.

포도 위에 소리 없이 밤안개가 어린다.
마음속엔 고삐 놓은 슬픔이 딩군다.

편한 길에 걸음이 안 걸려
몸은 땅속으로 잦아들 것만 같구나.

거리의 플라타너스도 눈물겨운 밤
일부러 육조六曹 앞 먼 길로 돌았다.

길바닥에 장미꽃이 피었다, 사라졌다, 다시 핀다.
해저海底의 소리를 누가 들은 적이 있다더냐.

네 잎 클로우버

녹음, 소망의 정령인, 그가
푸른 손으로 나를 불러 뛰어 나갔오.
무엇을 찾을 것만 같아 나무 아래 거닐었오
옆에서 풀잎을 헤치는 동무 하나
네 잎 클로우버를 찾는다 하오.
그가 왜 이상해 보이오.

허나 그가 귀엽지 않소.
믿음과 소망, 사랑과 행복을
진정 찾을 수 있다고 믿는
그 마음이 어린애처럼 귀엽지 않소.

나도 그를 따라 풀잎을 헤쳐 보았오.
찾으면 복되다는, 네 잎을 못 얻은 서운한 마음
이름 모를 작은 꽃 하나
따서 옷가슴에 꽂았오.

지나든 이 보고 그 이름 물망초라기
빼어서 냇가에 던졌오.
던졌으니 그만일 것이
왜 마음은 서운하오.

교정校庭

흰 양옥이 푸른 나무들 속에
진주처럼 빛나는 오후
닥터 노엘의 조을리는 강의를 듣기보다 젊은 학생들은
건너편 포플라나무 위로 드높이 날리는 깃발 보기를 더 좋아했다.

향수가 물이랑처럼 꿈틀거린다.
퍼덕이는 깃발에 이국異國 정경이 아롱진다.
지향 없는 곳을 마음은 더듬었다.

낯선 거리에서 금발의 처녀를 만났다.
깊숙이 들어간 정열적인 그 눈이
이국 소녀를 응시하면
'형제여!'
은근히 뜨거운 손을 내밀리라.

푸른 포플라나무!
흰 양옥!
이국 깃발!
내 제복과 함께 잊혀지지 않는 정경이여…

어떤 친구에게

같은 별 아래 태어난 여인이기에
너와 나는 함께 울었고 같이 웃었다
너를 찾아 밤길을 간 것도
내 가슴을 펼 수 있는, 네 가슴이었기에.

대학 교정에서 그대를 만났을 제
내 눈은 신록을 본 듯 번쩍 뜨였고
손길을 잡게 되던 날, 내 가슴은 뛰었었나니
그대와 나는 자매별 모양 빛났더니라.

나를 보는 이 네가 떠올랐고
너를 대하는 이 또 나를 생각해 냈다.
어떤 사람 너를 더 빛난다 했고
다른 이 또 나를 더 좋다 했다.

너와 나 같은 동산에 서지 않았던들
너 나를 이런 곳에 밀어 넣지는 않았을 것이고
우리는 얼마나 더 정다웠으랴.

장미는 꺾이다

석류 벌어지는 소리 들리는 낮
장미 같은 여인은 떠나가다.

'내가 시각이 급한데 큰일이다.
천주님이 어서 날 불러 주셔야 할낀데.'

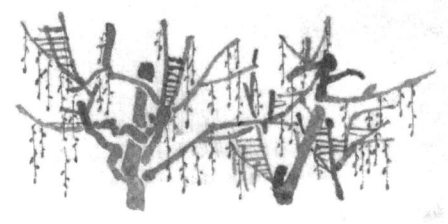

성당의 낮종이 울려오기 전
골롬바는 예수의 고상을 꼭 쥐고
자는 듯이 눈을 감았다.
스물하고 둘
장미 우지끈 꺾이다.

너 이제사
괴롭던 육신을 벗어버렸구나.
사랑하던 이들
아끼던 것들
다 놓고 빈손으로 혼자 떠나버렸다.

하늘엔 흰 구름만이 떠간다.
〔1947년 11월 3일 조카 용자가 떠나든 날〕

당신을 위해

장미 모양
으스러지게 곱게 피는 사랑이 있다면
당신은 어떻게 하시죠.

감히 손에 손을 잡을 수도 없고
속삭이기에는 좋은 나이에 열없고
그래서 눈은 하늘만을 쳐다보면
얘기는 우정 딴 데로 빗나가고
차디찬 몸짓으로 뜨거운 맘을 감추는
이런 일이 있다면, 어떻게 하시죠.

행여 이런 마음 알지 않을까 하면
얼굴이 화끈 달아올라
그가 모르기를 바라며
말없이 지나가려는 여인이 있다면
당신은 어떻게 하시죠.

별을 쳐다보며

나무가 항시 하늘로 향하듯이
발은 땅을 딛고도 우리
별을 쳐다보며 걸어갑시다.

친구보다
좀 더 높은 자리에 있어 본댓자
명예가 남보다 뛰어나 본댓자
또 미운 놈을 혼내주어 본다는 일
그까짓 것이 다 무엇입니까.

술 한잔만도 못한
대수롭잖은 일들입니다.
발은 땅을 딛고도 우리
별을 쳐디보며 걸어갑시다.

이름 없는 여인이 되어

어느 조그만 산골로 들어가
나는 이름 없는 여인이 되고 싶소.
초가지붕에 박넝쿨 올리고
삼밭엔 오이랑 호박을 놓고
들장미로 울타리를 엮어
마당엔 하늘을 욕심껏 들어놓고
밤이면 실컷 별을 안고

부엉이가 우는 밤도 내사 외롭지 않겠소.
기차가 지나가 버리는 마을
놋양푼의 수수엿을 녹여 먹으며
내 좋은 사람과 밤이 늦도록
여우 나는 산골 얘기를 하면
삽살개는 달을 짖고
나는 여왕보다 더 행복하겠오.

아무도 모르게

아무도 모르게 뉘도 몰래
멀리 멀리 가버리고 싶은 날이 있어
메에 올라 낯익은 마을을 굽어보다.

빨간 고추가 타는 듯 널린 지붕이
쨍이를 잡는 아이들의 모습이
차마 눈에서 안 떨어져

한나절을 혼자 산 위에 앉아보다.

* 쨍이 : 잠자리

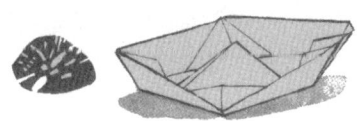

작별

어머니가 떠나시든 날은 눈보라가 날렸다.

언니는 흰 족두리를 쓰고
오라버니는 굴관(屈冠)을 하고
나는 흰 댕기 늘인 삼또아리를 쓰고

상여가 동리를 보고 하직하는
마지막 절하는 걸 봐도
나는 도무지 어머니가
아주 가시는 것 같지 않았다.

그 자그마한 키를 하고
산엘 갔다 해가 지기 전
돌아오실 것만 같았다.

다음날도 다음 날도, 나는
어머니가 들어오실 것만 같았다.

내 가슴에 장미를

더불어 누구와 애기할 것인가
거리에서 나는 사슴 모양 어색하다.

나더러 어떻게 노래를 하라느냐
시인은 카나리아가 아니다.

제멋대로 내버려 두어 다오
노래를 잊어버렸다고 할 것이냐
밤이면 우는 나는 두견!
내 가슴 속에도 장미를 피워 다오

장미

맘속 붉은 장미를 우지지끈 꺾어 보내 놓고
그날부터 내 안에선 번뇌가 자라다
네 수정 같은 맘에
나
한 점 티 되어 무겁게 자리하면 어찌하랴
차라리 얼음같이 얼어 버리련다.
하늘 보며 나무 모양 우뚝 서 버리련다.
아니
낙엽처럼 섧게 날아가 버리련다.

낯선 거리

꿈에서도 못 본 낯선 거리엔
이 고장 말을 몰라 열없고
강아지 새끼 하나 낯익은 게 없다.
오라는 이도 없었거니
가라는 이가 없어서 섧단다.

사람들이 흘러간 낯선 거리엔
네온사인이 밤을 음모하고
무우랑의 마담은 잠이 왔다.
강아지 새끼 하나 낯익은 게 없다.
가라는 이가 없어서 섧단다.

적적한 거리

친구들은 가고 적적한 거리
한종일 걸어도 반가운 이 만날 이 없어
사슴 모양 성큼 골목으로 들다.

낯익은 얼굴들이 없어 낯선 거리
오호, 클클한 저녁이여
인경뎅이만한 비애 앞에 내가 섰노라.

박넝쿨 올린 지붕 밑에
우리 다 함께 모여 살날은 언제라냐
옥수수는 올에도 다 익었는데.

어머니

성모 마리아를 비롯해서
어머니는 괴로워야 했다.

어디서 무슨 일이 났다면
괜히 가슴 철썩 내려앉는 것
두더지는 햇볕이 싫어 땅속으로 든다지만.

어느 세상에서나 지하로 지하로만 드는 아들이 있어
모진 바람이 눈 위에 소리칠 때마다 더운 방에선 잠을 못 자고
어머니는 늙었다.

너도 남들처럼, 너도 좀 남처럼
넥타이 매고 행길로 뻐젓이 훨훨 다녀 보렴.
어머니가 죽기 전에
한 번만 이런 모양 보여 주렴.

그대 말을 타고

멀리서 종소리가 들려옵니다.
날이 인제 새나 봅니다.

천년 같은 기인 밤이었습니다.

고독과 어두움이 나를 두르고
모진 바람 채찍 모양 내게 감겨들었건만
그대를 기다리며 이 밤을 참았나이다.

그대 얼굴은 나의 태양이었나니
외로움에 몸부림치면
커어다란 얼굴 해 주고
밖에서 마음 얼어들어오면 녹여주고
한밤중 눈물지면 씻어 주었습니다.

어느 객줏집 마구간
말의 눈엔 새벽달이 비치고
곡마단 계집아이들도 잠이 들었을 무렵
그대를 기다리는 내 기도가 올려졌나이다.

이제나 오시렵니까, 하마 저제나 오시렵니까.
당신의 말굽 소리 듣는다면
담박에 내가 십 년은 젊어지겠나이다.

아름다운 새벽을

내 가슴에선 사정없이 장미가 뜯겨자고
멀쩡하니 바보가 되어 서 있습니다.

흙바람이 모래를 끼얹고는
껄껄 웃으며 달아납니다.
이 시각에 어디메서, 누가 우나 봅니다.

그 새벽들은 골짜구니 밑에 묻혀 버렸으며
연인은 이미 배암의 춤을 추는 지, 오래고
나는 혀끝으로 찌를 것을 단념했습니다.

사람들 이젠 종소리도 깨일 수 없는
악의 꽃 속에 묻힌 밤

여기 저도 모르게 저지른 악이 있고
남이 나로 인하여 지은 죄가 있을 겁니다.

성모 마리아여
임종 모양 무거운 이 밤을 물리쳐 주소서.
그리고 아름다운 새벽을

저마다 내가 죄인이노라 무릎 꿇을
저마다 참회의 눈물 뺨을 적실
아름다운 새벽을 가져다 주소서.

저녁별

그 누가 하늘에 보석을 뿌렸나
작은 보석 큰 보석 곱기도 하다.
모닥불 놓고 옥수수 먹으며
하늘의 별을 세든 밤도 있었다.

별 하나, 나 하나, 별 두울, 나 두을
논뜰엔 따옥새 구슬피 울고
강낭수숫대 바람에 설렐 제
은하수 바라보면 잠도 멀어져

물방앗소리 들은 지 오래
고향하늘 별 뜬 밤, 그리운 밤
호박꽃 초롱에 반딧불 넣고
이즈음 아이들도 별을 세는지.

해변

비치파라솔들이
독버섯 모양 곱게 널린 사장에

젊은 정열들이
해당화처럼 무더기 무더기 피었다.

파도는 진종일
모래불을 놀리다 간다.
가는 것이 아니라, 다시 또 밀려와
얼레발을 친다.

모래불은 이럴 때마다
마음이 우수수 무너졌다.

구름같이

큰 바다의 한 방울 물만도 못 한
내 영혼의 지극히 작음을 깨닫고
모래 언덕에서 하염없이
갈매기처럼 오래오래 울어 보았오.

어느 날 아침 이슬에 젖은
푸른 밭을 거니는 내 존재가
하도 귀한 것 같아 들국화 꺾어 들고
아름다운 아침을 종다리처럼 노래하였오.

하나 쓴웃음 치는 마음
삶과 죽음 이 세상 모든 것이
길이 못 풀 수수께끼어니
내 생의 비밀인들 어이하오

바닷가에서 눈물짓고
이슬 언덕에서 노래 불렀오
그러나 뜻 모를 이 생生
구름같이 왔다 가나 보오.

향수

5월의 낮차車가 찰랑찰랑
배추꽃이 노오란 마을을 지나면
문득
싱아를 캐던 고향이 그리워

타향의 산을 보며
마음은
서쪽 하늘의 구름을 따른다.

창변窓邊

서리 내린
지붕 지붕엔 밤이 안고

그 안엔 꽃다운 꿈이 딩굴고
뉘 집인가, 창이 불빛을 한입 물었다.
눈 비탈이
하늘 가는 길처럼 밝구나.

그 속에 숱한 얘기들을 줍고 있으면
어려서 잊어버린 집이 살아났다.

창으로 불빛이 나오는 집은 다정해
볼수록 정다와

저 안엔 엄마가 있고
아버지도 살고
그리하여 형제들은 다행하고

마음이 가난한 이는 눈을 모아
고운 정경情景을 한참 마신다.

아늑한 집이 왼갖 시간에 벌어졌다.
친정엘 간다는 새댁과 마주 앉은
급행열차 밤찻간에서도

중년 신사는 나비넥타이를 찼고
유복한 부인은 물건을 왼종일 고르고
백화점 소녀는 피곤이 밀린 잡답雜沓 속에서도

또 어느 조그만 집 명절 떡치는 소리를
들으면서도

기댈 데 없는 외로움이 박쥐처럼 퍼덕이면
눈 감고

가다가
슬프면 하늘을 본다.

* 잡답(雜沓) : 사람들이 많이 몰려 붐빔.

봄의 서곡

누가 오는데 이처럼들 부산스러운가요?
목수는 널빤지를 재며 콧노래를 부르고
하나같이 가로수들은 초록빛 새옷들을 받아 들었습니다.
선량한 친구들이 거리로 거리로 쏟아집니다.
여자들은 왜 이렇게 더 야단입니까?
나는 포도鋪道에서 현기증이 납니다.
삼월의 햇볕 아래, 모든 이지러졌던 것들이 솟아오릅니다.
보리는 그 윤나는 머리를 풀어 헤쳤습니다.
바람이 마음대로 붙잡고 속삭입니다.
어디서 종다리 한 놈 포루루 떠오르지 않나요.
꺼어먼 살구 남기에 곧 올연한 분홍 베일이 씌워질까 봅니다.

* 남기에 : 낡기, '낡'은 '나무'의 고어(古語)

봄비

강에 어름장 꺼지는 소리가 들립니다.
이는 내 가슴속 어디서 나는 소리 같습니다.

봄이 온다기로
밤새껏 울어 새일 것은 없으련만
밤을 새워 땅이 꺼지게 통곡함은
이 겨울이 가는 때문이었습니다.

한밤을 줄기차게 서러워함은
겨울이 또 하나 가려함이었습니다.

화려한 꽃철을 가져온다지만

이 겨울을 보냄은
견딜 수 없는 비애였기에
한밤을 울어울어 보내는 것입니다.

푸른 오월

청자빛 하늘이
육모정 탑 위에 그린 듯이 곱고
연당 창포잎에
여인네 행주치마에
첫여름이 흐른다.

라일락 숲에
내 젊은 꿈이 나비같이 앉은 정오
계절의 여왕 오월의 푸른 여신 앞에
내가 웬일로 무색하고 외롭구나.
밀물처럼 가슴속 밀려드는 것을
어찌하는 수 없어
눈은 먼 데 하늘을 본다.
긴 담을 끼고 외진 길을 걸으면
생각은 무지개로 핀다.

풀냄새가 물큰
향수보다 좋게 내 코를 스치고
청머루순이 뻗어나든 길섶
어디선가 한나절 꿩이 울고
나는 활나물, 홋잎나물, 젓갈나물,
참나물, 고사리를 찾던
잃어버린 날이 그립구나, 나의 사람아
아름다운 노래라도 부르자
아니 서러운 노래를 부르자
보리밭 푸른 물결을 헤치며
종달이 모양 내 맘은
하늘 높이 솟는다.

오월의 창공이여
나의 태양이여.

유월의 언덕

아카시아꽃 핀 유월의 하늘은
사뭇 곱기만 한데
파라솔을 접듯이
마음을 접고 안으로 안으로만 든다.

이 인파 속에서 고독이
곧 얼음모양 꼿꼿이 얼어들어 옴은
어쩐 까닭이뇨.

보리밭엔 양귀비꽃이 오스러지게 고운데
이른 아침부터 밤이 이슥토록
이야기해 볼 삶은 없어
파라솔을 접듯이
마음을 접어 가지고 안으로만 든다.

장미가 말을 재우지 않은 이유를
알겠다.
사슴이 말을 안 하는 연유도
알아듣겠다.

아카시아꽃 핀 유월의 언덕은
곱기만 한데-

가을날

겹옷 사이로 스며드는 바람은
산산한 기운을 머금고
드높아진 하늘은 비로 쓴 듯이 깨끗한
맑고도 고요한 아침

예저기 흩어져 촉촉이 젖은
낙엽을 소리 없이 밟으며
허리띠 같은 길을 내놓고
풀밭에 들어 거닐어 보다

끊일락 다시 이어지는 벌레 소리
애연히 넘어가는 마디마디엔
제철의 아픔이 깃들였다.

곱게 물든 단풍 한 잎 따들고
이슬에 젖은 치맛자락 휩싸쥐며 돌아서니
머언 데 기차 소리가 맑다.

묘지

이른 아침 황국黃菊을 안고
산소를 찾은 것은
가랑잎이 빨가니 단풍 드는 때였다.

이 길을 간 채 그만 돌아오지 않는 너
슬프다기보다는 아픈 가슴이여.

흰 패목들이
서러운 악보처럼 널려 있고
이따금 빈 우차牛車가 덜덜대며 지나는 호젓한 곳

황혼이 무서운 어두움을 뿌리면
내 안에 피어오르는
산모퉁이 한 개 무덤
비애가 꽃잎처럼 휘날린다.

낙엽

간밤에 나는 나무 밑에 들어서
그들의 회의 광경을 보았습니다.

플라타너스는 사시나무 떨 듯하며
무서운 소리를 내고 있었습니다.

밖엘 나서니 바람 한 점 없는
자는 듯 조용한 밤하늘인 것을

어젯밤 그처럼 웅성거리더니
아침에 발등이 안 뵈게
누우런 잎사귀들을 떨구어놨습니다.

시들은 잎사귀를 떨어버리는데
그렇게 엄숙한 회의를 했군요.

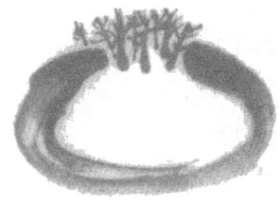

겨울을 이겨 낼 투사는
하나도 없었나 보죠.

플라타너스의 가을밤 회의는
준엄한 것이었습니다.

가을의 구도

가을은 깨끗한 새악시처럼,
맑은 표정을 하는가 하면, 또
외로운 여인네같이 슬픈 몸짓을 지녔습니다.
바람이 수수밭 사이로
우수수 소리를 치며 설레고 지나는 밤엔
들국화가 달 아래 유난히 희어 보이고
건너 마을 옷 다듬는 소리에
차가움을 머금었습니다.
친구여! 잠깐 우리가 멀리합시다.
호수 같은 생각에 혼자 가마안히
잠겨보고 싶구료.

제야

멀리 갔던 이들 돌아오고
풍성풍성히 저자도 보는 명절날
돌아갈 수 없는 집 있어
먼 하늘 바라보며 기둥 모양 우뚝 섰다.
별은 포기포기 솟아
모두 다 식구들의 얼굴이 되다.

휘야, 새날이 와
내가 돌아가는 날 너도 떡을 빚고 술을 담그자.

첫눈

은빛 장옷을 길게 끌어
왼 마을을 희게 덮으며
나의 신부가
이 아침에 왔습니다.

사뿐사뿐 걸어
내 비위에 맞게 조용히 들어왔습니다.

오랜간만에
내 마음은
오늘 노래를 부릅니다.

자, 잔들을 높이 드시오.
빨간 포도주를
내가 철철 넘게 치겠소

이 좋은 아침
우리들은 다 같이 아름다운 생각을 합시다.

종도 꾸짖지 맙시다.
애기들도 울리지 맙시다.

슬픈 그림

보랏빛 포도알처럼 떫은 풍경
애드벌룬에는 '아담과 이브 시대'의 사진 예고다
아스파라거스처럼 늘 산뜻한 걸 즐기는 시악씨
오얏나무 아래서 차라리 낮잠을 잤다.

바느질 대신 아프리카종의 고양이를 데리고 논다.
구두를 벗고 파초 잎으로 발을 싸본다.
하나 시악씨는 문득 무엇이 생각킬 때면

붉은 산호 목걸이도 벗어 던지고

아무도 달랠 수 없이 울어버리는 버릇이 있단다.

자화상

대자 한치 오푼 키에 두치가 모자라는 불만이 있다. 부얼부얼한 맛은 전혀 잊어버린 얼굴이다.

몹시 차 보여서 좀체로 가까이하기를 어려워한다.

그린 듯 숱한 눈썹도 큼직한 눈에는 어울리는 듯도 싶다만은,

전시대 같으면 환영을 받았을 삼단같은 머리는 클럼지한 손에 예술품답지 않게 얹혀진 가날픈 몸에 무게를 준다.

조그마한 거리낌에도 밤잠을 못 자고 괴로와하는 성미는 살이 머물지 못하게 학대를 했다.

꼭 다문 입은 괴로움을 내뿜기보다, 흔히는 혼자 삼켜 버리는 서글픈 버릇이 있다.

세 온스의 살만 더 있어서 무척 생색나게 내 얼굴에 쓸데가 있는 것을 잘 알지만, 무디지 못한 성격과는 타협하기 어렵다.

처신을 하는 데는 산도야지처럼 대담하지 못하고 조그만 유언비어에도 비겁하게 삼가한다.

대처럼 꺾어는 질망정 구리모양 휘어지기가 어려운 성격은 가끔 자신을 괴롭힌다.

개 짖는 소리

개 짖는 소리가 들려온다.
아는 이의 음성처럼 반갑구나
인가가 여기선 가까운가 보다.

개 짖는 소리를 듣고 있으면
식구들 신발이 뒷돌 위 나란히 놓인
어느 집 다행한 정경이 떠오른다.

날이 새면 부엌엔 밥김이 어리고
화롯가엔 찌개가 보글보글 끓고
할머니는 잔소리를 해도 좋을게다.

새벽녘 개 짖는 소리는
인가의 정경을 실어다 준다.
감방 안에서 생각하는 바깥은
하나같이 행복스럽기만 하다.

빼앗긴 들에도 봄은 오는가

이상화(1901~1943)

1901년 경북 대구에서 출생. 14세 때까지 백부가 운영하는 사숙에서 엄격한 교육을 받았다. 그 후 서울 경성중앙학교에 입학하여 야구 투수로 활약하는 등 시작에도 전념하였다. 일본으로 건너가 프랑스 유학을 준비 중에 관동 대지진을 목격하고 귀국하자, 현진건, 홍사용, 박종화, 김팔봉, 나도향 등 「백조」 동인들과 어울림. 한편 의열단 이종암 사건에 연루되어 구금 고문 폭행당함. 이때가 작품활동이 가장 왕성하여 일제에 대한 강력한 저항 의식을 바탕으로 평가되고 있는 「빼앗긴 들에도 봄은 오는가」를 발표. 무보수 교사로 학교생활을 하면서 1940년 대륜중학교를 세웠다. 1943년 위암으로 사망. 그의 나이 43세였다.

李相和　李相和　李相和　李相和

李相和　李相和　李相和　李相和

李相和　李相和　李相和　李相和

李相和　李相和　李相和　李相和

李相和　李相和　李相和　李相和

李相和　李相和　李相和　李相和

李相和　李相和　李相和　李相和

李相和　李相和　李相和　李相和

나의 침실로

가장 아름답고 오랜 것은, 오직 꿈속에만 있어라.

'마돈나' 지금은 밤도 모든 목거지에 다니노라. 피곤하여 돌아가
련도다.
아, 너도 먼동이 트기 전으로 수밀도의 네 가슴에 이슬이 맺도록
달려오너라.

'마돈나' 오려무나, 네 집에서 눈으로 유전遺傳하던 진주는 다 두
고 몸만 오너라.
빨리 가자, 우리는 밝음이 오면 어딘지 모르게 숨는 두 별이어라.

'마돈나' 구석지고도 어둔 마음의 거리에서, 나는 두려워 떨며
기다리노라.
아, 어느덧 첫닭이 울고- 뭇 개가 짓도다. 나의 아씨여, 너도 듣느냐.

'마돈나' 지난밤이 새도록 내 손수 닦아둔 침실로 가자, 침실로-
낡은 달은 빠지려는데, 내 귀가 듣는 발자욱. 오, 너의 것이냐?

'마돈나' 짧은 심지를 더우잡고 눈물도 없이 하소연하는, 내 맘의 촉燭불을 봐라.

양털 같은 바람결에도 질식이 되어 얄푸른 연기로 꺼지려는도다.

'마돈나' 오너라, 가자, 앞산 그리메가 도깨비처럼 발도 없이 가까이 오도다.

아, 행여나 누가 볼는지 가슴이 뛰누나, 나의 아씨여, 너를 부른다.

'마돈나' 날이 새련다, 빨리 오려무나. 사원의 쇠북이 우리를 비웃기 전에.

네 손이 내 목을 안아라. 우리도 이 밤과 함께, 오랜 나라로 가고 말자.

'마돈나' 뉘우침과 두려움의 외나무다리 건너 있는, 내 침실 열이도 없으니.

아, 바람이 불도다. 그와 같이 가볍게 오려무나. 나의 아씨여, 네가 오느냐?

'마돈나' 가엾어라, 나는 미치고 말았는가. 없는 소리를 내 귀가 들음은,

　내 몸에 피란 피, 가슴의 샘이 말라버린 듯 마음과 목이 타려는도다.

'마돈나' 언젠들 안 갈 수 있으랴. 갈 테면 우리가 가자. *끄을려* 가지 말고!

　너는 내 말을 믿는 '마리아', 내 침실이 부활의 동굴임을 네야 알련만…

'마돈나' 밤이 주는 꿈, 우리가 엮는 꿈, 사람이 안고 뒹구는 목숨의 꿈이 다르지 않으니.

　아, 어린애 가슴처럼 세월 모르는 나의 침실로 가자, 아름답고 오랜 거기로.

'마돈나' 별들의 웃음도 흐려지려 하고 어둔 밤 물결도 잦아지려는도다.

　아, 안개가 사라지기 전으로 네가 와야지. 나의 아씨여, 너를 부른다.

빼앗긴 들에도 봄은 오는가

지금은 남의 땅 빼앗긴 들에도 봄은 오는가?

나는 온몸에 햇살을 받고
푸른 하늘 푸른 들이 맞붙은 곳으로
가르마 같은 논길을 따라 꿈속을 가듯 걸어만 간다.

입술을 다문 하늘아, 들아,
내 맘에는 나 혼자 온 것 같지를 않구나!
네가 끄을었느냐, 누가 부르더냐. 답답워라. 말을 해 다오.

바람은 내 귀에 속삭이며
한 자국도 섰지 마라. 옷자락을 흔들고
종다리는 울타리 너머 아씨같이 구름 뒤에서 반갑다 웃네.

고맙게 잘 자란 보리밭아,
간밤 자정이 넘어 내리던 고운 비로

너는 삼단 같은 머리털을 감았구나, 내 머리조차 가뿐하다.

혼자라도 가쁘게나 가자.
마른 논을 안고 도는 착한 도랑이
젖먹이 달래는 노래를 하고, 제 혼자 어깨춤만 추고 가네.

나비 제비야 깝치지 마라,
맨드라미 들마꽃에도 인사를 해야지.
아주까리기름을 바른 이가 지심 매던 그 들이라 다 보고 싶다.

내 손에 호미를 쥐어 다오
살진 젖가슴 같은 부드러운 이 흙을
발목이 시도록 밟아도 보고, 좋은 땀조차 흘리고 싶다.

강가에 나온 아이와 같이,
짬도 모르고 끝도 없이 닫는 내 혼아

무엇을 찾느냐. 어디로 가느냐. 웃어웁다. 답을 하려무나.

나는 온몸에 풋내를 띠고,
푸른 웃음 푸른 설움이 어우러진 사이로
다리를 절며 하루를 걷는다. 아마도 봄 신령이 지폈나 보다.

그러나, 지금은 들을 빼앗겨 봄조차 빼앗기겠네.

겨울 마음

물장수가 귓속으로 들어와 내 눈을 열었다.
보아라!
까치가 뼈만 남은 나뭇가지에서 울음을 운다.
왜 이래?
서리가 덩달아 추녀 끝으로 눈물을 흘리는가.
내야, 반가웁기만 하다. 오늘은 따스겠구나.

조선병朝鮮病

언제나 오늘 보이는 사람마다 숨결이 막힌다.
오래간만에 만나는 반가움도 없이
참외꽃 같은 얼굴에 선웃음이 집을 짓더라.
눈보라 몰아치는 겨울 맛도 없이
고사리 같은 주먹에 진땀물이 굽이치더라.
서하늘에다 동창이 뚫으랴, 숨결이 막힌다.

병적 계절

기러기 제비가 서로 엇갈림이 보기에 이리도 설은가.
귀뚜리 떨어진 나뭇잎을 부여잡고 긴 밤을 새네.
가을은 애달픈 목숨이 나누어질까 울 시절인가 보다.

가없는 생각 짬 모를 꿈이 그만 하나 둘 잦아지려는가.
홀아비같이 헤매는 바람떼가 한 배 가득 구비치네.
가을은 구슬픈 마음을 앓다 못해 날뛸 시절인가 보다.

하늘을 보아라, 야윈 구름이 떠돌아다니네.
땅 위를 보아라, 젊은 조선이 떠돌아다니네.

서러운 해조諧調

하얗던 해는
떨어지려 하여
헐떡이며
피 뭉텅이가 된다.

새붉은 마음은
늙어지려 하여
곯아지며
굼벵이 집이 된다.

하루 가운데
오늘 저녁은
너그럽다는 하늘의
못 속일 멍통일러라.

일생 가운데
오는 젊음은
복스럽다는 인간의
못 감출 설움일러라.

* 해조(諧調) : 잘 조화됨. 즐거운 가락

비를 타고

사람만 다라와질 줄로 알았더니
필경에는 믿고 있던 하늘까지 다라와졌다.
보리가 팔을 벌리고 달리다가 달리다가
이제는 곯아진 몸으로 목을 댓자나 빠주고 섰구나!

반갑지도 않은 바람만 냅다 불어
가엾게도 우리 보리가 달증이 든 듯이 노랗다.
풀을 뽑느니, 이랑에 손을 대 보느니 하는 것도
이제는 헛일을 하는가 싶어 맥이 풀려만 진다.

거름이야 죽을 판 살 판 거루어 두었지만
비가 안 와서, 원수 놈의 비가 오지 않아서
보리는 벌써 목이 말라 입에 대지도 않는다.
이렇게 한 참 동안만 더 간다면
그만 그만이다, 죽을 수밖에 없는 노릇이구나!

* 다라와질, 다라와졌다 : 다랍다. 몹시 인색하다.

하늘아, 한 해 열두 달 남의 일 해주고, 겨우 사는 이 목숨이
곯아 죽으면 네 맘에 시원할 게 뭐란 말이냐.
제발 빌자! 밭에서 갈잎 소리가 나기 전에
무슨 수가 나 주어야 올해는 그대로 살아 나가 보세!

비 갠 아침

밤이 새도록 퍼붓던 그 비도 그치고
동편 하늘이 이제야 불그레하다.
기다리는 듯 고요한 이 땅 위로
해는 점잖게 돋아 오른다.

눈 부시는 이 땅
아름다운 이 땅
내야, 세상이 너무도 밝고 깨끗해서
발을 내밀기에 황송만 하다.

해는 모든 것에서 젖을 주었나 보다.
동무여, 보아라.
우리의 앞뒤로 있는 모든 것이
햇살의 가닥 가닥을 잡고 빨지 않느냐.

이런 기쁨이 또 있으랴.
이런 좋은 일이 또 있으랴.
이 땅은 사랑 뭉텅이 같구나.
아, 오늘도 우리 목숨은 복스러워도 보인다.

달밤

도회都會

먼지투성이인 지붕 위로
달이 머리를 쳐들고 서네.

떡잎이 터진 거리의 포플라가 실바람에 불려
사람에게 놀란 도적이 손에 쥔 돈을 놓아 버리듯
하늘을 우러러 은 쪽을 던지며 떨고 있다.

풋솜에나 비길 얇은 구름이
달에게로 날아만 들어
바다 위에 섰는 듯 보는 눈이 어지럽다.

사람은 온몸에 달빛을 입은 줄도 모르는가.
둘씩 셋씩 짝을 지어 예사롭게 지껄이다.
아니다, 웃을 때는 그들의 입에 달빛이 있다.
달 이야긴가 보다.

아, 하다못해 오늘 밤만 등불을 꺼 버리자.
촌각시같이 방구석에서, 추녀 밑에서
달을 보고 얼굴을 붉힌 등불을 보려무나.

거리 뒷간 유리창에도
달은 내려와 꿈꾸고 있네.

시인에게

한 편의 시詩 그것으로
새로운 세계 하나를 낳아야 할 줄 깨칠 그때라야
시인아, 너의 존재가
비로소 우주에게 없지 못할, 너로 알려질 것이다,
가뭄 든 논께에는 청개구리의 울음이 있어야 하듯

새 세계란 속에서도
마음과 몸이 갈려 사는 줄, 풍류만 나와 보아라
시인아, 너의 목숨은
진저리나는 절름발이 노릇을, 아직도 하는 것이다.
언제든지 일식日蝕된 해가 돋으면 뭣하며, 진들 어떠랴
시인아, 너의 영광은
미친개 꼬리도 밟은 어린애의 짬 없는 그 마음이 되어
밤이라도 낮이라도
새 세계를 낳으려 손댄 자국이 시가 될 때에, 있다.
촛불로 날아들어 죽어도 아름다운 나비를 보아라.

무제無題

오늘 이 길을 밟기까지는
아, 그때가 가장 괴롭도다.
아직도 남은 애달픔이 있으려니
그를 생각하는 오늘이 쓰리고 아프다.

헛웃음 속에 세상이 잊어지고
끄을리는 데 사람이 산다면
검아, 나의 신령을 돌멩이로 만들어다고
제 사리의 길은, 제 찾으려는 그를 죽여다고

참 웃음의 나라를 못 밟을 나이라면
차라리 속 모르는 죽음에 빠지련다.
아, 멍들고 이울어진 이 몸은 묻고
쓰린 이 아픔만 품 깊이 안고, 죽으련다.

그날이 그립다

내 생명의 새벽이 사라지도다.

그립다, 내 생명의 새벽. 설워라, 나 어릴 그때도 지나간 검은 밤들과 같이 사라지려는도다.

성녀의 피수포被首布처럼 더러움의 손 입으로는 감히 대이기도 부끄럽던 아가씨의 목

젖가슴 빛 같은 그때의 생명!

아, 그날 그때에는 낮도 모르고, 밤도 모르고 봄빛을 머금고 움 돋던 나의 영靈이

저녁의 여울 위로 곤두치는 고기가 되어

술 취한 물결처럼 갈모로 춤을 추고 꽃심의 냄새를 뿜는 숨결로 아무 가림도

없는 노래를 잇대어 불렀다.

* 영(靈) : 영혼

아, 그날 그때에는 낮도 없이, 밤도 없이, 행복의 시내가 내게로 흘러서 은칠한 웃음을 만들어내며, 혼자 있어도 외롭지 않았고, 눈물이 나와도 쓰린 줄 몰랐다.

내 목숨의 모두가 봄빛이기 때문에 울던 이도, 나만 보면 웃어들 주었다.

아, 그립다. 내 생명의 새벽, 설워라, 나 어릴 그때도 지나간 검은 밤들과 같이

사라지려는도다.

오늘 성경 속의 생명수에, 아무리 조촐하게 씻은 손으로도 감히 만지기에 부끄럽던 아가씨의 목, 젖가슴 빛 같은 그때의 생명!

청년

청년, 그는 동망憧望, 제대로 노니는 향락의 임자.
첫여름 돋는 해의 혼령일러라.

흰옷 입은 내 어느덧 스물 젊음이어라.
그러나 이 몸은 울음의 왕이어라.

마음은 하늘 가를 날으면서도
가슴은 붉은 땅을 못 떠나노라

바람도 기쁨도 어린애 잠꼬대로
해 밑에서 밤 자리로 ○○○○○○

청년, 흰옷 입은 나는 비수悲愁의 임자.
느껴울 빚은 술의 생명일러라.

* 비수(悲愁) : 슬픔과 근심 * ○○○○○○ : 6자 불명

가장 비통한 기욕祈慾

- 간도 이민을 보고 -

아, 가도다, 가도다, 쫓겨가도다.
망각 속에 있는 간도와 요동벌로
주린 목숨 움켜쥐고 쫓아가도다.
자갈을 밥으로 해채를 마셔도
마구나 가졌으면 단잠을 얽을 것을
인간을 만든 검아, 하루 일찍
차라리 주린 목숨을 뺏어가거라!

아, 사노라, 사노라, 취해 사노라,
자폭 속에 있는 서울과 시골로
멍든 목숨 행여 갈까, 취해 사노라
어둔 밤 말 없는 돌을 안고서
피울음 울어도 설움은 풀릴 것을
인간을 만든 검아, 하루 일찍
차라리 취한 목숨, 죽여버려라!

저무는 놀 안에서

- 노인勞人의 구고劬苦를 읊조림 -

거룩하고 감사론 이 동안이
영영 있게시리, 나는 울면서 빈다.
하루의 이 동안, 저녁의 이 동안이
다만 하루만치라도 머물러 있게시리, 나는 빈다.

우리의 목숨을 기르는 이들
들에서 일깐에서 돌아오는 때다.
사람아, 감사의 웃는 눈물로 그들을 씻자.
하늘의 하나님도 쫓아낸 목숨을 그들은 기른다.

아, 그들의 흘리는 땀방울이
세상을 만들고, 다시 움직인다.
가지런히 뛰는 네 가슴 속을 듣고 들으면
그들의 헐떡이던 거룩한 숨결을 네가 찾으리라.

* 있게시리 : 있게끔 * 일깐 : 일터 * 섬기게시리 : 섬기게끔

땀 찬 이마와 맥 풀린 눈으로
괴론 몸 움막집에 쉬러 오는 때다.
사람아, 마음의 입을 열어 그들을 기리자.
하나님이 무덤 속에서 살아옴에다 어찌 견주랴.

거룩한 저녁 꺼지려는 이 동안에
나 혼자 울면서 노래 부른다.
사람이 세상의 하나님을 알고 섬기게끔
나는 노래 부른다.

반딧불

보아라, 저기, 아, 아니 여기.
까마득한 저문바다 등대와 같이
짙어가는 밤하늘에 별님과 같이
켜졌다, 꺼졌다, 깜빡이는 반딧불.

빈촌의 밤

봉창 구멍으로
나른하여 조으노라.
깜작이는 호롱불
햇빛을 꺼리는 늙은 눈알처럼
세상 밖에서 앓는다, 앓는다.

아, 나의 마음은,
사람이란 이렇게도
광명을 그리는가.
담조차 못 가진 거적문 앞에를,
이르러 들으니, 울음이 돌더라.

비음緋音

비음의 서사

이 세기를 몰고 넣는, 어둔 밤에서
다시 어둠을 꿈꾸노라, 조으는 조선의 밤
망각 뭉텅이 같은, 이 밤 속으론
햇살이 비추어오지도 못하고
하나님의 말씀이, 배부른 군소리로 들리노라.

낮에도 밤, 밤에도 밤
그 밤의 어둠에서 스며난, 뒤지기 같은 신령은
광명의 목거지란 이름도 모르고
술 취한 장님이 먼 길을 가듯
비틀거리는 자욱엔, 핏물이 흐른다!

* 비음(緋音) : 혼탁한 소리

단조單調

비 오는 밤
가라앉은 하늘이
꿈꾸듯 어두워라.

나무잎마다에서
젖은 속살거림이
끊이지 않을 때일러라.

마음의 막다른
낡은 띠집에선
넌지 모르나 까닭도 없어라.

눈물 흘리는 적笛소리만
가없는 마음으로
고요히 밤을 지우다.

---

* 단조(單調) : 사물이 단순하여 변화가 없음.
* 적(笛) : 피리

가을의 풍경

맥 풀린 햇살에 번쩍이는 나무는 선명하기 동양화일러라.
흙은, 아낙네를 감은 천아융天鵝絨 허리띠같이 따습어라.

무거워 가는 나비 나래는 드물고도 쇠衰하여라,
아, 멀리서 부는 피리 소린가! 하늘 바다에서 헤엄질하다.

병들어 힘없이도 섰는 잔디풀, 나뭇가지로
미풍의 한숨은, 가는 목을 메고 껄덕이어라.

참새 소리는, 제 소리의 몸짓과 함께, 가볍게 놀고
온실 같은 마루 끝에 누운 검은 괴의 등은,
부드럽게도 기름져라.

청춘을 잃어버린 낙엽은, 미친 듯 나부끼어라,
서럽게도, 길겁게 조으름 오는 적멸寂滅이 더부렁거리다.

사람은 부질없이 가슴에다, 까닭도 모르는 그리움을 안고,
마음과 눈으로, 지나간 푸름의 인상을 허공에다 그리어라.

조소嘲笑

두터운 이불을,
포개 덮어도,
아직 추운
이 겨울 밤에,
언 길을 밟고 가는
장돌림 봇짐장수,
재 너머 마을
저자 보러
중얼거리며,
헐떡이는 숨결이
아!
나를 보고, 나를
비웃으며 지난다.

* 조소(嘲笑) : 비웃음

바다의 노래

내게로 오너라, 사람아, 내게로 오너라
병든 어린애의 헛소리와 같은
묵은 철리哲理와 같은 낡은 성교聖教는 다 잊어버리고
애통哀痛을 안은 채 내게로만 오라.

하느님을 비웃을 자유가 여기에 있고
늙어지지 않는 청춘도 여기 있다.
눈물젖은 세상을 버리고 웃는 내게로 와서
아 생명이 변동變動에만 있음을 깨쳐보아라.

* 철리(哲理) : 철학의 이치
* 성교(聖教) : 성인의 가르침

어머니의 웃음

날이 맛도록
온 데로 헤매노라
나른한 몸으로도
시들픈 맘으로도
어둔 부엌에
밥 짓는 어머니의
나보고 웃는 빙그레웃음!
내 어려 젖 먹을 때
무릎 위에다
나를 고이 안고서
늙음조차 모르던
그 웃음을 아직도
보는가 하니
외로움의 조금이
사라지고, 거기서
가는 기쁨이 비로소 온다.

마음의 꽃

오늘을 선을 넘어선 가리지 말라!
슬픔이든, 기쁨이든, 무엇이든,
오는 때를 보려는 미래의 근심도.

아, 침묵을 품은 사람아, 목을 열으라.
우리는 아무래도 가고는 말 나그넬러라.
젊음의 어둔 온천에 입을 적셔라.

춤추어라, 오늘만의 젖가슴에서
사람아, 앞뒤로 헤매이지 말고
짓태워 버려라!
끄슬려 버려라!
오늘의 생명은 오늘의 끝까지만.

아, 밤이 어두워 오도다.
사람은 헛것일러라.
때는 지나가다,
울음의 먼 길 가는 모르는 사이로.

우리의 가슴 복판에 숨어 사는
열푸른 마음의 꽃아, 피어버려라.
우리는 오늘을 지키며, 먼 길 가는 나그넬러라.

폭풍우를 기다리는 마음

오랜 오랜 옛적부터
아, 몇백 년 몇천 년 옛적부터
호미와 가래에게 등심살 벗기이고
감자와 기장에게 속기름을 빼앗긴
산촌의 뼈만 남은 땅바닥 위에서
아직도 사람은 수확을 바라고 있다.

게으름을 빚어내는, 이 늦은 봄날
'나는 이렇게도 시달렸노라…'
돌멩이를 내보이는 논과 밭
거기서 조으는 듯 호미질하는
농사짓는 사람의 목숨을 나는 본다.

마음도, 입도 없는 흙인 줄 알면서
얼마라도 더 달라고 정성껏 뒤지는
그들의 가슴엔 저주를 받을
숙명이 주는 자족自足이 아직도 있다.
자족이 시킨 굴종이 아직도 있다.

하늘에도 게어른 흰 구름이 돌고
땅에서도 고달픈 침묵이 까라진
오, 이런 날 이런 때에는
이 땅과 내 마음의 우울을 부술
동해에서 폭풍우나 쏟아져라, 빈다.

* 자족(自足) : 스스로 만족함

선구자의 노래

나는 남 보기에 미친 사람이란다,
마는, 내 알기엔 참된 사람이노라.

나를 아니꼽게 여길 이 세상에는
살려는 사람이 많기도 하여라.

오, 두려워라, 부끄러워라,
그들의 꽃다운 사리가 눈에 보인다.

행여나 내 목숨이 있기 때문에
그 살림을 못살까. 아, 죄롭다.

내가 앎이 적은가, 모름이 많은가,
내가 너무나 어리석은가, 슬기로운가.

아무래도 내 하고저움은 미친 짓뿐이라.
남의 꿀든는 집을 문흘지, 나도 모른다.

사람아, 미친 내 뒤를 따라만 오너라.
나는 미친 홍에 겨워, 죽음도 뵈줄 테다.

이별을 하느니

어쩌면, 너와 나 떠나야겠으며, 아무래도 우리는 나눠야겠느냐.
남몰래 사랑하는 우리 사이에 남몰래 이별이 올 줄은 몰랐으나

꼭두로 오르는 정열에 가슴과 입설이 떨어 말보다 숨결조차 못
쉬노라. 오늘 밤 우리 둘의 목숨이 꿈결같이 보일 애타는 네 맘속을
내 어이 모르랴

애인아, 하늘을 보아라 하늘이 까라졌고 땅을 보아라, 땅이 꺼졌
도다. 애인아, 내 몸이 어제같이 보이고, 네 몸도 아직 살아서 내
곁에 앉았느냐.

어쩌면, 너와 나 떠나야겠으며, 아무래도 우리는 나눠야겠느냐.
우리 둘이 나뉘어 생각하며 사느니보다, 차라리 바라보며, 우리
별이 되자.

사랑은 흘러가는 마음 위에서 웃고 있는 가벼운 갈대꽃인가. 때가 오면 꽃송이는 고와지고 때가 가면 떨어지고 썩고 마는가?

님의 기림에서만 믿음을 얻고, 님의 미움에서는 외로움만 받을 너이었더냐? 행복을 찾아선 비웃음도 모르는 인간이면서, 이 고행을 싫어할 나이었더냐?

애인아, 물에다 물 탄 듯, 서로의 사이 경계가 없던 우리 마음 위로 애인아, 검은 그림자가 오르락나리락 소리도 없이 어른거리도다.

남몰래 사랑하는 우리 사이에 우리 몰래 이별이 올 줄은 몰랐어라. 우리 둘이 나뉘어 사람이 되느니 피울음 우는 두견이 되자.

오려므나 더 가까이, 내 가슴을 안으라 두 마음 한 가락으로 얽어 보고 싶다. 자그마한 부끄럼과 서로 아는 믿음 사이로 눈 감고 오는 방임放任을 맞이자.

아주 주름잡힌 네 얼굴 이별이 주는 애통이냐? 이별은 쫓고 내게로 오너라. 상아의 십자가 같은 네 허리만 더위잡는 내 팔 안으로 달려만 오너라.

애인아, 손을 다고. 어둠 속에도 보이는 납색의 손을 내 손에 쥐어다오. 애인아, 말해다오. 벙어리 입이 말하는 침묵의 말을 내 눈에 일러다오.

어쩌면, 너와 나 떠나야겠으며, 아무래도 우리는 나눠야겠느냐? 우리 둘이 나뉘어 미치고 마느니, 차라리 바다에 빠져 두 마리 인어로나 되어서 살까.

통곡

하늘을 우러러 울기는 하여도
하늘이 그리워 울음이 아니라
두 발을 못 뻗는 이 땅이 애달파
하늘을 흘기니
울음이 터진다.
해야 웃지 마라,
달도 뜨지 마라.